白石
SHIRAISHI
日本赤療字社に所属する唯一の探索者。ソロで深層まで潜る実力を持ち、人助けを厭わない。ただし、とんでもなくコミュ力が低く、配信中でもほぼ喋らない。

——その少女は、
あまりにも強く、鮮烈で、
そして何よりも速かった。
つっっっっっっっっっよ
なんだこの……なんだこれ……？
速すぎて見えない
画面に映るすべてが残像
もはや放送事故レベル
なんだこの人、化け物か
マジですごい

●LIVE
●LIVE
……。

「きょ、今日の配信は、ここまでで……」

「ちなみに、心も読めますよ」
「……ほんと？」
!?

「ま、嘘ですけど」
蒼灯すず
SUZU AOHI
平均同接一万を超える、ソロの大手配信者。イイ性格をしているが、華があってコミュ力も非常に高い配信界の優等生。
あら～
配信きらないでｗ
ごめんてｗｗ
お慈悲を…!
たすかる!

黒い顔は怒りに歪み、
隆起した魔力が大気を震わせる。
予感があった。凄まじいのが来る、という予感が。
空に掲げられた手のひらから、
無数の蒼い桜の花びらが生み出された。
手のひらに一山なんて数ではない。
数百枚、あるいは数千枚の花びらが、
はらはらと舞って空間を蒼く染め上げた。

「私のこと、信じてよ」

CONTENTS

プロローグ
003

一章
そんなに特別なことを
していたつもりはなかった
039

二章
理由があったわけじゃないけど
074

三章
変わるもの、変わらないもの、
これから変えてみたいもの
231

あとがき
303

配信に致命的に向いていない女の子が迷宮で黙々と人助けする配信

佐藤悪糖

ファンタジア文庫

3459

口絵・本文イラスト　福きつね

プロローグ

そういう配信

迷宮を探索するものには、映像記録の公開を義務付ける。

そんな法律が作られたのは、この国に迷宮というものが生まれて間もない頃だった。

突如として地球上に出現した迷宮というものを、誰もが探りあぐねていた頃の決め事だ。

迷宮から得られる研究資源を秘匿されないように、当時の迷宮探索には一にも二にも透明化が求められていた。

しかし、時の流れと共にそんな理由は形骸化し、探索映像の公開義務も昨今では形を変えつつある。

それすなわち、迷宮配信。

迷宮の探索を生配信する、命がけのリアルタイム・エンターテイメント。

そんなポップカルチャーが、この頃のトレンドだったりする。

✚やるよ

「はじめます」

配信をつけて、小さくつぶやく。

名乗りはしない。挨拶もしない。必要なのは、記録開始の合図だけ。

迷宮配信者ってやつは、特徴的な挨拶をしたり、綺麗《きれい》にまとまった自己紹介をしたりして、きちんと名前を覚えてもらうものらしい。だけど私はそれをしない。

私にとって、迷宮配信とはただの映像記録だ。人気者になりたくてやっているわけじゃない。

きっと、探索映像の公開義務なんてものがなければ、こうして配信をすることもなかっただろう。

：お、ちょうど始まったとこか
：気をつけて
そんな配信者として失格気味な私にも、百人前後の視聴者がついている。

なぜかと言うと、これでもそこそこベテランなのだ。私のように四年も探索者をやっている人間は数が少なく、ソロ専ともなるともっと希少だ。ベテラン探索者のソロ探索が見たい層に、私の配信はニッチな需要を獲得している。

それでも、日の目を見る配信とはとても言えないのだけど。まあ、数字なんて元々気にしたこともない。

：今日は三層か

：結構危険な階層だけど、ソロで大丈夫？

：お嬢なら大丈夫でしょ

迷宮三層、大海迷宮パールブルー。ハチの巣のように層状に積み重なった迷宮の、上から三つ目。広大な海に覆われた迷宮だ。

私がいるのはその一角、白波のビーチ。白い砂浜に青い海、輝く太陽が眩《まぶ》しいエリアになる。

水着でも着て泳げば気分がいいかもしれないけど、あいにくそんなものはない。

この身を包むのは、動きやすいショートパンツに大きめのシャツ、それと探索必需品を詰め込んだウェストポーチ。その上から白衣を一枚羽織っている。足だけはトレッキングブーツで守っているけれど、防具らしいものはそれだけだ。

でもいいのだ。速度を殺さない軽装が、私に一番合っている。

：うわヤドカリだ

：でかいヤドカリってきめえな……

さくさくと白砂を踏んでいると、前方から大きめのヤドカリがやってきた。

大きめと言うが、そのサイズは全長二メートルを優に超す。これくらいの大きさになると、砂浜の人気者というよりも海からの侵略者と呼んだほうがいいかもしれない。

正直、なかなか気持ち悪い。

「あれって三層でも強いほうだよね、本当に大丈夫？」

「お嬢は大丈夫だけど、俺らは大丈夫じゃないかも」

「一応グロ注意な」

腰に差した得物を抜く。私の武器は薄刃の片手剣。軽くて速いこの剣が、この頃のお気に入りだ。

右手で握った剣をヤドカリに向け、左手はウェストポーチからシリンダー――魔術回路を組み込んだ、筒型の魔導具――を抜き出す。

シリンダーに魔力を通すと、中に籠められた魔法術式が作動し、逆巻く風が片手剣にまとわりついた。

「なるほど、風研ぎか」

「なにそれ、どういう魔法？」

「風の刃《やいば》を形成して、剣の鋭さを上げる補助魔法

：へー、そんなのもあるんや
：結構ニッチな魔法だからな、知らんのも無理はない
：有識者助かる
踏み込む。一拍遅れて、ヤドカリがハサミを持ち上げた。
ハサミが振り下ろされる前に、二撃。振り下ろされたそれを冷静に見切って、もう三撃。
あわせて五撃、きっちり急所に叩《たた》き込んで素早く離れる。一拍おいて、両のハサミと足の関節を叩き切られたヤドカリは、その場にぐちゃっと崩れ落ちた。
：はっや
：今ので関節斬ったんか
：相変わらずいい腕してんなぁ
：はえー、このヤドカリこうすればええんか
：今度俺もやってみよ
：やめとけ、甲殻に弾《はじ》かれるのがオチだぞ
ここまで解体したら怖いものはない。脳天に一発叩き込んで、それで戦闘終了だ。
トドメを刺されたヤドカリの体は魔力に分解され、後には輝く魔石だけが残った。
：ＧＧ

：お見事
：余裕っすね
魔石を回収してポーチに放り込む。
体力にはまだ余裕がある。一匹だけじゃ物足りないし、もう数匹探そうか。
：なんでこの配信者、一言も喋《しゃべ》らないの？
：あ
：おっと
……おお、新規リスナーだ。珍しい。
そう、私はこの戦闘中一言も発していない。感想を漏らすことも、リアクションを取ることもしていない。淡々と無言で敵を倒すという、配信者にあるまじきことをしていた。
うちの配信を見に来る人はもうすっかり慣れてしまったから、今さら何も言わないけれど。時々新しい人がやってきては、配信者らしからぬ私のスタイルに疑問を持つのも、いつものことだった。
：なんでって言うと、お嬢だから
：お嬢だからかな
：喋らないんだよこの人

：こちらは強めの魔物を一人で黙々と駆除する配信となっております

私が黙っていると、リスナーたちが勝手に説明してくれる。

正直ありがたい。だけど、さすがに自分のことくらいは自分で話そう。

「話すの、苦手なんだ。ごめんね」

それが私の貧弱なトーク力から絞り出される、限界の文字数だった。

話すのは苦手だし、苦手なことはやりたくない。そんな生き様を貫いているうちに、すっかり話さないようになってしまっていた。

：うわ珍しい
：お嬢が喋った⁉
：うわあああああああ
：滅多に聞けないお嬢のボイスが耳に染《し》みる……
：綺麗な声してるよな、もっと喋ればいいのに
：やめとけ、困らせるだけだぞ
：お嬢はお嬢でいいんだ

うちのリスナー、あったけぇなぁ……。

こんな私の生き様に慣れてしまったのか、うちのリスナーも無理には言ってこない。そ

んな独特な雰囲気が、私の配信には醸成されていた。
……そのわりには、たまに喋ると妙に盛り上がるんだけど。なんなんだろう、よくわからない。
:ちなみに、お嬢ってのも俺らが勝手に呼んでる名前だったりする
:いまだに名前すら明かしてないんだぜ、信じられるか?
:自己紹介とか一切しないから、お嬢の名前を誰も知らない
:アカウント名も@Seeker0123だし
:五秒で考えたようなクソ雑魚《ざこ》アカウント名
:わかってるのは性別と、ご覧の通りの実力だけ
:そう言われるとすげえ配信者だなこの人
:なんで配信やってんだ?
:探索者は映像記録を公開しなきゃいけないって決まりがあるので……
:配信で公開すんのが一番お手軽なんだよね
名前については本当にごめん……。
探索稼業をはじめて早四年。その探索行のすべてを配信してきたというのに、自己紹介すらできていないという体《てい》たらくだ。すべては我がコミュ力のいたすところである。

つくづく思う。うちのリスナー、こんな配信よく見に来るよなって。

まあいいんだ。私は迷宮探索がしたいのであって、配信をやりたいわけじゃない。だからこれでいいのだ。

そんな風に自己弁護をしつつ、迷宮探索を進めていると。

ふと、血のにおいを感じた。

：ん
：あれ
：やばくね？

白い砂浜に散った赤い血痕。それは足跡のように、ひたひたと奥へ延びている。

血痕から察するに、かなりの出血量だ。よくて大怪我《おおけが》、最悪の場合は――。

迷っている時間はない。考えるよりも先に、体は動き出していた。

：行くのか
：え、でもやばくね？

：配信的に大丈夫？　最悪、死体が出るぞ？

：お嬢は行くよ
：この人は配信映えとか一切気にしないから

：グロいのが見たくないなら配信閉じとけ

全速力で血痕を追う。数十メートル先、岩場の陰に、それらはあった。

岩場を背に、倒れている一人の探索者。それを囲む——三匹のヤドカリ。

ヤドカリたちは、その探索者の腹部に、ハサミを突っ込んで、かき回して。

捕食活動を、していた。

：ひえっ

：倫理フィルター！　倫理フィルター！

：お嬢の配信にそんなもんはねえよ

：どんな映像も生でお届けするストロングスタイル

：迷宮配信じゃなかったら一発ＢＡＮだろこれ

：ごめん無理吐きそう

ポーチから風研ぎのシリンダーを抜く。即座に魔法を発動させ、片手剣に風をまとった。

出し惜しみはナシだ。全力でいく。

深く踏み込んで、一匹目のヤドカリを切り裂く。狙うのはハサミの付け根だ。両のハサミを一刀で切り落とすと、この個体は攻撃力を失った。

：ぎゃああああああああああ

：突然のヤドカリのドアップはやめてください！
：死体はグロいしヤドカリもキモいし
：カメラがぐるんぐるん回っててわけわからないのだけが救いか
一匹目の頭を踏んで、高く跳ぶ。
空を舞う私めがけて、ハサミを高々と持ち上げるヤドカリたち。そのハサミの間をギリギリですり抜けて、着地際にもう一刀振り下ろした。
狙ったのは二匹目の頭部。風研ぎによって鋭さを増した刃は、頑強な甲殻を叩き割り、二匹目の生命活動を強引に終わらせた。
：すごいんだけど！　すごいんだけどキモい！
：ようやくカメラが安定したと思ったら、頭が潰れたヤドカリの死体とこんにちは
：ヤドカリの血って青いんだなぁ……
：ぷりぷりしてておいしそう
：こいつやば
二匹目を仕留めたところで風研ぎの魔法が終わってしまう。
再起動するには少々のクールタイムが必要だ。風研ぎをもう一度使う余裕はない。
そうこうしている間に、三匹目のヤドカリが私めがけて突っ込んでくる。反射的に、ポ

ーチからもう一本のシリンダーを抜いた。
シリンダーに魔力を通す。上空に烈風が吹き荒れて、局所的に発生したダウンバースト
が、ヤドカリの体を岩場に縫い付けた。
：これはなんて魔法？
：風降ろし
：ダウンバーストを引き起こす、風属性の拘束魔法
：拘束力が弱いから使ってる人あんまいないやつ
：ぶっちゃけ微妙魔法
：微妙なんかい
たしかに拘束力は弱いけれど、この魔法は発動速度に優れている。だから私は結構好き。
瞬間的に動きを止めた風降ろしも、しかし長くは効果を発揮しない。烈風が散ると、ヤ
ドカリは体の自由を取り戻した。
だけど、その一瞬があれば、十分だ。
「……っ！」
風研ぎが切れ、ただの金属の塊となった片手剣を、ヤドカリの頭部に突き刺した。
しかし、刺さったのは切っ先だけ。命を奪うにはまだ足りない。

一度柄《つか》から手を離し、その場でくるんと一回転。勢いをつけた回し蹴りを、剣の柄に叩《たた》き込む。

剣は勢いよく頭にめりこんで、ヤドカリの頭をぐしゃりと刺し貫く。そして、三匹目のヤドカリはその場に倒れ伏した。

：無茶するなぁ
：強引すぎる
：唯一の得物から手を離すやついるか？
：失敗してたらどうするつもりだったんだろ
：お嬢は失敗しないよ

戦闘に決着がつくと、倒れたヤドカリは魔石に変わる。ハサミを切り落とされた一匹目のヤドカリもどこかへ逃げていったようだ。

その場にからんと落ちた剣を拾う。無理をさせたせいか、私の愛剣はズタボロに刃こぼれしてしまっていた。

……これ、お気に入りだったのに。

：壊れちゃった
：どんまい

：泣かないで
：悲しそう
ため息が配信に入ったらしく、そんなコメントがいくつか流れた。
元々だいぶガタが来ていたけれど、この一戦が致命的だったようだ。この子はこれ以上使えない。一度帰って、研ぎ直す必要があるだろう。
と、その前に。探索者としての務めを果たそう。
私は、岩場に倒れている死体に近寄った。
：ひえっ……
：ご冥福をお祈りします
：いや待て、まだ生きてないか？
：ほんまや、まだ息あるわ
：でもこの傷じゃもう……
かろうじて息はあるけれど、ほとんど死んでいるようなものだった。
腹部は見るも無惨《むざん》に食い荒らされて、四肢は力なく投げ出されている。この出血量だと、もって数分といったところだろうか。
「あなた、は……？」

彼女にはまだ意識があった。

綺麗《きれい》な女の子だ。おそらく、顔が血で汚れていなければ、もっと。

きっと配信者としても人気があっただろうに。こんな姿になってしまって、本当に痛ましい。

「大丈夫」

ポーチから三本目のシリンダーを抜く。

魔力を流してシリンダーを起動する。籠められた魔法が作動して、柔らかな風が彼女の体を包み込んだ。

「絶対、助けるから」

少女の傷が塞がりはじめる。体内の異物が取り除かれ、千切れた血管が繋《つな》がって、破れた腹が縫い留められる。

完全な治癒ではない。これはただの応急処置だ。

それでもこの魔法で、散りかけていた彼女の命は、たしかに繋ぎ止められた。

：はあ!?

：これは風祝《かぜはふり》だな

：風属性の回復魔法で、回復力はそれなりだけど即効性があるやつ

：いやいやそうじゃなくて
：お嬢って回復魔法にまで適性あるの!?
：マジかよ、回復魔法持ちってめちゃくちゃ貴重じゃん
　シリンダーがあれば、どんな魔法でも使えるってわけじゃない。扱える魔法の種類は自身の適性に大きく左右される。
　私の適性は風特化。風属性なら大体使えるけれど、それ以外はてんでダメ。
　裏を返せば、風属性なら回復魔法だって使えるのだ。
：というか、お嬢はそもそもヒーラーだぞ
：あの白衣、回復魔法持ちに与えられるやつだし
：人と話すのが苦手すぎてソロしてるだけで
：そんなことある?
：お前のようなヒーラーがいるか
：いるんだよなぁ、ここに
「あり、がと……。ござ、い……」
「話さなくていい」
　少女を抱き上げる。背丈は私よりも大きいけれど、これくらい持ち上げられないようじ

や探索者はやってられない。
ポーチから四本目のシリンダーを抜く。魔力を通すと、私の両足に旋風が巻き付いた。
：あ、これは知ってる
：風走り、移動速度を強化する魔法
：風魔法って言ったらこれだよね
「走るよ」
両足に風をまとった私は、文字通り風のように走り出した。

＊＊＊＊＊

三層入口に設置された転移魔法陣に駆け込んだ私は、即座に魔法陣を起動して迷宮外に脱出した。

転移先は、迷宮の出入口を管理している探索者協会の建物。その中に併設された診療所に、傷を負った彼女を担《かつ》ぎ込む。

救助の状況と施した応急処置を説明すれば、私の仕事は終わりだ。後は優秀な医療スタッフの皆さんがよろしくやってくれるだろう。

「……つかれた」
手続きを終えて、協会内で小さくつぶやく。
：おつかれ
：えらいぞお嬢
：人命救助のリアルを見てしまった
：助けられて本当によかった
ああ、まだ配信つけっぱなしだったのか。すっかり忘れていた。
疲れたというのは本当だけど、助けるのに疲れたというわけではなく。
「今日は、いっぱい、話した」
：お、おう
：そうでもないぞ?
：最低限の受け答えしかしてなかったやろがい
：状況説明とかめちゃくちゃたどたどしかったけど
：最終的にスタッフさん、お嬢の配信アーカイブ直接確認してたし
それはそうなんだけど、私としてはかなり頑張ったつもりだ。
人と話すのは頭をいっぱい使うからとても疲れる。まだ迷宮探索していたほうが、ずっ

と気が楽だった。

「おわり」

：あ、うん

：ぬるっと終わった

：もう配信閉じてるし

：俺たちはおつかれ様でしたとも言えないのか

：めげるな、次こそは絶対に伝えるんだ

配信を閉じて、ふうと一息。今日は本当に疲れた。

けれど、助けられてよかったというのは、本当にその通りで。

迷宮探索は楽しいし、人を助けるのは気分がいい。自分で言うのもなんだけど、今日の私はよくやったんじゃないか。

人と話すのが苦手な私に、配信者なんて向いてないと思うけど。探索者というこの仕事は、結構気に入っていた。

✿海だ～～～～～～！

：うわあああああああよかったああああああああああああああ
：絶対終わったと思ったマジでよかった
：ぐっちゃぐちゃに泣いてる
：ありがとうございますありがとうございます助けてくれて本当にありがとうございます
：あおひーは今手術中？
：協会で聞いたけど、ほとんど問題ないみたいよ
：回復魔法だけきちんとかけ直したら、明日には動けるようになるってさ
：あおひーがあんな死に方しなくて本当によかった
：健やかに天寿を全うしつつ今後も迷宮配信してほしい
：迷宮配信にこういうことはつきものなのですが……
：生還できてもトラウマになって引退しちゃうってのもよくある話で
：生きててくれたらなんでもいいよもう
：お前らそろそろ落ち着け、二時間くらいずっとその話してるぞ
：配信終わった後のコメント欄で延々盛り上がってるのなんなんだ
：それだけ今日の事件は衝撃がでかかったってことで

：ＳＮＳのトレンドにも上がってるしな
：しかし、あおひーを救ったあの人誰なんだ？
：めちゃくちゃ強かったよね、あの人
：あんだけ強けりゃ、結構有名な人だと思うけど
：しかもソロだし
：おまけに貴重な回復魔法持ちだぞ
：で、誰？
：さあ……
：こんだけ特徴があって名前が一切出てこないってマジ？
：誰なんだよ一体
：名乗らずに去っていくとかヒーローか何か？
：でも迷宮にいたってことは、あの人も配信してるんでしょ？
：迷宮配信者もピンキリだからなぁ
：いやあれは有象無象に埋もれるような実力じゃないでしょ
：でもどれだけ調べてもそれっぽい人見つからないし
：本当に誰なんだよ……

今日も配信

よくねた～

「はじめます」

配信を始める。今日も今日とて迷宮探索だ。

今日の探索箇所は迷宮一層、洞窟迷宮ストーンメイズ。広大な洞窟を舞台とした迷宮だ。

景色は悪いが、この迷宮には探索の基本が詰まっている。

あと、敵が弱い。これが一番大事。

：わーいはじまったー
：馳《は》せ参《さん》じましたお嬢
：珍しいね、今日は一層なんだ
うん。昨日のあれで疲れたからね。

迷宮探索で疲れたわけじゃないけれど、疲労は疲労だ。疲れている時に無理はしない。

これも迷宮探索の基本である。

：昨日の救助、トレンドになってたね

：向こうの配信者が有名な人だったみたい？
：あっちの同接すごいことになってたな
：三万くらいあった
：向こうのコメントの流れ速すぎて笑っちまった
：さっき切り抜きも上がってたよ
：マジかよ、大手は仕事がはえーな
そうなんだ、と思って適当に聞き流す。
有名とか無名とか、まったく気にならないわけじゃないけれど、少なくとも私には関係のないことだと思っている。
バズったとかトレンドとか、そういうのはショーウィンドウの向こう側のお話だ。私はただ、迷宮を探索できればそれでいいから。
：お嬢のことも触れられてたよ
：誰にもお嬢の正体がわからなくて、謎のヒーロー扱いされてた
：あれだけ同接があって、誰一人としてお嬢のこと知らないのかよ
：ここにいるやつら、誰か一人くらい教えに行かなかったのか？
：しないしない

：お嬢、そういうの嫌がるっしょ
「うん、嫌かも。だからありがとう」
うちのリスナーは、本当にいい子に育ったなぁ……。
リスナーは配信者に似るってやつかもしれない。積極的に育てたわけじゃないけれど、
この子たちは私の嫌がることをきちんとわかってくれている。
こんな私が配信を続けていられるのは、彼らの協力あってのことだ。
：まあ、少しでも功名心があったらこういう配信しないよな
：いまだに俺らに名前すら教えてくれないんだもん
：承認欲求の対極に位置する女だよお嬢は
：ストイックというかなんというか
：なんで配信やってるんだ定期
：でもそろそろ名前くらい教えてくれてもいいんじゃない？
名前かぁ……。
別に隠すようなものじゃないんだけど、タイミングすっかり逃しちゃったからなぁ。
まあ、どこかで言う機会もあるだろう。そのうちだ、そのうち。
：この適当すぎる配信タイトルもなんなんだよ

：よく寝たってことだよ
：せめて今日何やるかくらいは書けとあれほど
：お嬢がよく寝たってことがわかるんだからいいだろ
：それ以外に何がいるんだ
：ぐっすり眠れてえらいぞお嬢
：やだここのリスナーこわい……
配信タイトルにやること書けって言われても、別にその日のテーマを決めているわけじゃないし。私はただ、ぷらぷらと自分のやりたいようにやっているだけだ。
それでも、そうだな。今日やることと言えば……。
「えっと、今日は、迷宮を、探索します」
：知ってる
：知ってます
：無理すんなお嬢
：俺が悪かった、お嬢の配信タイトルは最高だ
：お嬢はそれでいいんだよ
……あったかいけど、なんだかバカにされてるような気がしないでもなかった。

配信者である私を抜きにして、リスナーたちは好き勝手に雑談をはじめる。そんな光景もいつものことで、それを横目に眺めながら、私は一層の敵を黙々と倒して回った。

一層なんて簡単なもので、ほとんど苦戦することもない。それでも、魔石を回収すれば多少のお金にはなる。

：さすがに一層だと相手にならんな

：お嬢ってどこまで潜れるんだっけ

：最高で五層の中間あたりまでは行ってたよ

：れっきとした深層探索者じゃん

：ソロでそれは化け物すぎない？

：まあ、お嬢だし

：なんで今さらこんな浅い層探索してんの？

それにはちょっとした事情がある。疲れたというのもそうだけど、もう一つ。

私はカメラ――後方でふよふよと飛んでいる追尾式のドローンカメラ――に映るように、自分の剣を晒《さら》した。

：うわひっど

：ボロボロやん

：昨日だいぶ無理させてたからなぁ
：研いでないの？
：いや、研いだ上でこれなんだろ
：こりゃ買い直しコースか
：でもお嬢の剣って結構いいやつじゃなかったっけ
：いくらすんのこれ？
：これくらいの剣だと、安くて四千万
：四千万!?
そう、四千万。なかなか頭が痛い話だ。
探索者としての稼ぎはそこそこあるけれど、数千万はさすがに気軽に出せる額じゃない。
：そうだった、迷宮探索用の装備ってバカ高いんだった
：ただの剣でも魔法技術の結晶だからな
：武器はまだいいよ、シリンダーになると下手すりゃ億はいく
：探索者って大変なんだな……
：魔石が高値で売れるけど、それだけじゃなかなかね
：だからみんな配信で人集めようとするわけよ

：スポンサーがつけばかなり楽になるから

ちなみに私は、配信でお金を集めるような活動はまったくやっていない。四年も配信しておきながら収益化すらまだだ。

まあ、そんなことをしなくても、魔石を売ればいいし。魔石は迷宮探索用の装備の素材になる貴重品だ。かき集めて売れば十分な収入になる。

：こりゃしばらくは浅い層でお金稼ぎかな

：協会に補助してもらえないの？

：さすがに無理

：探索者は何があっても自己責任よ

：じゃあ、昨日助けた探索者に請求するとか

：それだと名乗り出ることになるけど

：でも、これじゃあせっかく助けたのに丸損じゃん

：得がしたくて助けたわけじゃないだろ

「いいよ、これくらい」

コメントの流れを切る。

痛いっちゃ痛い出費だけど、致命的ってわけじゃない。ちょっと頑張れば稼げる額だ。

それに、この剣だって元々かなりガタが来ていた。遅かれ早かれ、どのみちこうなっていただろう。

ちなみに今の一言、意思表示が苦手な私にしては、かなり頑張った。

：お嬢がそう言ってるならええか
：お嬢がそれでいいならまぁ……

：大丈夫？　無理して言ってない？

：お嬢に本心を隠すなんて芸当できると思うか？

：たしかに……

納得してくれたのはいいんだけど、なんか一言余計じゃない……？

出会った敵を片っ端から狩って回って魔石を集める。一層で得られる魔石は質も悪く、そこまで高く売れるわけじゃないけれど、ちょっとは足しになるだろう。

ポーチの中身も詰まってきたところで。

「おわり～」

：配信切るのはっや
：唐突に終わった
：またおつかれって言えなかった……

……いつか俺はあの子におつかれ様って伝えるんだ

ちょっと早いけれど、疲れもあるしここまでにしておこう。

探索者協会に戻って、買い取り所に魔石を持ち込む。

四年も通っているからか、この辺のやり取りは慣れたものだ。どさっと渡して、査定を任せておけば、そのうち口座にお金が振り込まれる。

私の収入源はこれだ。配信業のほうではほとんど——というか、収益化を通していないのでビタ一文稼げないんだけど、探索者としての収入だけでここまでやってきた。

なお、稼いだお金はもっぱら探索用の装備に溶けている。最近も新しいシリンダーを買ったばかりで、ちょうど懐《ふところ》が寂しかった。

……あのシリンダー売ったら、新しい剣もすぐ買えるんだけど。でも、シリンダー売るのはちょっとなぁ……。

まあ、いっか。せっかくだし、初心にかえったつもりで地道にやっていこう。

「失礼いたします。探索者の、白石《しらいし》様でしょうか？」

協会でうろうろしていると、知らない人に声をかけられた。

びしっとしたスーツ姿の女の人だ。動きやすい格好をしている探索者ばかりのこの場所で、きちんとした身なりはかえって浮いていた。

「えと、その……」

白石というのは私の名字だ。

私に何の用だろう。たどたどしくも返事（?）をすると、彼女は微笑《ほほえ》んで続けた。

「お話ししたいことがあるのですが、少々お時間いただけますか?」

いただけない。

お話、というのが特にいただけない。何を隠そう、私はお話をするのが好きじゃないのだ。

「あ、えと、あの……」

「わかりました。では、こちらの話を聞くだけでも」

「……はい」

……わかったらしい。私、何も言ってないのに。

まあ、聞くだけでいいならまだ気が楽だ。私は小さく頷《うなず》いた。

「お疲れのところでしょうし、手短にいきましょうか。率直に言うとスカウトです。我々は、あなたのような探索者を切に求めておりました」

「へ、え、え?」

す、スカウト……?　スカウトって、あのスカウト?

この人はどこかの探索者事務所の人で、私をスカウトしに来たってこと……？

それは嬉《うれ》しい提案かもしれないけれど、ちょっと考え込んでしまう。

私は別に、どこかの事務所に所属したいってわけじゃない。人付きあいが苦手な私に、企業所属の配信者が務まるなんて思えない。

それに私は人気者になりたいわけじゃない。迷宮を探索できれば、それでいいから。

というか、私のことを少しでも知っているのなら、わざわざ私をスカウトしようなんて考えないと思うんだけど……。

「あの、なんで」

そんな思いから、なんとかして言葉を紡《つむ》ぐ。

頭の中はいっぱいいっぱいだったけれど、私の口はどうにか動いてくれた。

「……なんで、私、なんですか」

「あなたには、誰かを助ける力がありますから」

彼女は明朗に続けた。

「あなたの救助参加率はとても高く、成功率もまた非常に高い。その高い人道精神は、弊団体が是非にも求めているものです」

え、と。ありがとうございます、でいいのだろうか。

人を助けたのは昨日が初めてじゃない。これまでだって、そういう現場に出くわしたら、可能な限り助けるように努めてきた。

だけど、人命救助なんて探索者としては当然のことだ。わざわざこうして褒められるのも据わりが悪くて、なんだかもにょもにょとしてしまう。

「それは、その……。当然のこと、ですし」

「当然、なんてものではありませんよ。迷いなく人命救助に尽力するあなたの姿は、まさしく探索者の模範たるものでした」

「そこまででは……」

「ご謙遜なさらずに」

そんなこと言われても……。

私はただ、助けたいから助けただけだ。人道だとか、模範だとか、そんなことを考えていたわけじゃない。

「繰り返しますが、あなたは私たちが求めていた理想的な人材です。掛け値なしに、あなたしか考えられません」

そう言って、彼女は大きな茶封筒を差し出す。

「スカウトの詳細についてはこちらの書類に。一度でも目を通していただければ幸いです」

受け取ったそれには、ある団体の名前が記されていた。

知っている名前、なんてレベルじゃない。大手と言えば大手だけど、そんなくくりに収まる組織でもない。というかそもそも、探索者事務所ですらない。

それは、この国に住む人間であれば、誰もが知っている団体だった。

「いかがでしょう。救助活動、やってみませんか？」

日本赤療字社《にほんせきりょうじしゃ》。

国内最大の、医療法人団体だ。

一章　そんなに特別なことをしていたつもりはなかった

はじまり、はじまり

おしらせがあります

「はじめます」


配信をつける。今日は、ちょっと緊張していた。

一週間ぶりの配信だ。たった一週間とも言える。どちらにせよ、私にとっては怒濤《どとう》の一週間だった。

今日の階層は迷宮三層、大海迷宮パールブルーの、人気《ひとけ》のない静かなビーチ。

波の音がさざめく青い海を背に、手頃な岩に腰掛けて、私はカメラに向き合っていた。

::お?
::珍しいアングル
::まさかお嬢を前から見られる日が来るなんて
::お顔助かる

：配信者の顔がこんなに貴重なことある？
：お嬢はある
いつもは私の後方に追尾させているドローンカメラを、今日は正面に置いている。こうしてカメラに向き合うなんて、果たしていつぶりだろうか。
：一週間ぶりだけどなにかあったの？
：お嬢が一週間も配信しないなんて珍しいよね
：これまで毎日のように迷宮に潜ってたのに
：それもそれでおかしいんだけど
私は迷宮が好きだ。毎日のように迷宮に潜ってもまったく苦にならない。探索者は天職だと思っている。
配信者は……。正直、向いてないと思うけど。
だけど私は、これからその配信者っぽいことをしなければならない。
「今日は、お知らせが、あります」
：はい
：なんでしょう
：いい子にして聞きます

：ぼくたちはちゃんとお話を聞けるいい子です

「がんばって、話すので、聞いてください」

：がんばって

：負けないで

：大丈夫？　ちゃんと話せる？

：無理しないでね

少し話すだけで、こんなに心配される配信者がいるだろうか。ちょっと情けなくなってきた。

ここにいるのは、同接百人前後のいつもの視聴者。そのほとんどが名前を覚えている相手だ。緊張しなくていいってことは、わかっている。

深呼吸。一回、二回、三回。

……よし。

「私に、スポンサーがつきました」

：マジ？

：おー、ついにスポンサーか

：お嬢の実力を考えると当然ではある

：おめでとうお嬢、ありがとうお嬢
：スポンサーって、どっかの箱に入ったの？

「探索者事務所に、所属したわけでは、ない、です。だけど、個人配信者でもない、と思います」

：うん？

：どういうこと？

：スポンサーがついただけなら、個人配信者のままなんじゃないの？

「強いて、言うなら……。企業所属？　です」

：？？？？？

：企業に所属したなら、それはもう事務所所属の配信者なのでは……？

：え、なになに？　どういうことなの？

：結局どっちなんだってばよ
「私は、ある組織の、一員に、なりました。ただし、配信活動の主体は、私です。なので、ええと……」

　なんて言ったらいいんだろう。言葉がうまく出てこない。

「……どうやって、説明しよう」

そのまま言ってしまう。私の言語能力は、この辺で限界を迎えつつあった。

我ながら、いくらなんでも不甲斐《ふがい》なさすぎる。ちょっと泣きそうになってきた。

：ゆっくりでいいよゆっくりで
：ちゃんと聞くから
：急《せ》かしてごめんな
うちのリスナーあったかい……。

ありがとう、ちゃんと話すから。もうちょっと頑張ってみる。

「えっと、えっと。とりあえず、これ、見てもらえたら」

困った時に使ってください、と渡されていたスライドの存在を思い出す。マネージャーさんお手製のスライドだ。

膝の上にどんと置いて、スライドの一枚目をめくる。そこに、いきなり核心が書いてあった。

「私は、日本赤療字社の、所属探索者に、なりました」

：!?

：日本赤療字社って、あの日療?

：おいおいおいおいどういうことだってばよ

：ごりっごりの公共機関じゃねえか
：探索者事務所とかいうレベルじゃねえぞ
日本赤療字社。国内最大の医療法人だ。
災害救護をはじめとして、医療や福祉など幅広い人道的支援を行う、全国的な法人団体。
その名前は、この国で生きる人なら誰しも聞き覚えがあるだろう。
「私は、日療所属の探索者として、その活動に、協力します。主な内容は、迷宮内における、要救助者の救助、です」
：日療のスタッフになったってこと？
：なんでお嬢が？
：お嬢に務まるのか？　この子、迷宮探索以外はかなりのポンだぞ？
：そりゃ探索者としては文句なしの一流だし、回復魔法も使えるけど
：というかそもそも、日療が探索者を雇うってどういうことだよ
これまでの比じゃないレベルで、コメント欄がざわついていた。
ああ……。流れが速い、追いきれない……。いや、追えたところで、コメントにリアクションするスキルなんてないんだけど……。
「これ見て……」

そんなわけで、早々にギブアップした。

次から次へと浴びせられる質問の嵐に、私の処理能力はオーバーフローした。ぐるぐるした頭で次のスライドをめくる。

大事なこと、話さなきゃいけないことは、全部ここに書いてある……はず。

：ほうほうほう……

：迷宮内に立ち入ることができるのは探索者だけ。ゆえに、迷宮内で発生した負傷者に対して、これまで医療機関は積極的に介入できずにいた、と

：そこで日本赤療字社でも探索者を育成しようとしていたけれど、肝心要となるヒーラーの育成に難航していて……

：一般の探索者の中から、優秀なヒーラーを確保しようとしていた

：可能ならば、組織に所属していない自由な立場にいる探索者で

：迷宮内で高度な探索活動ができる、実力者であることが望ましい。なるほどね

そうそう、そういうこと。

迷宮は国内屈指の危険地帯だ。この場所では日々たくさんの負傷者が発生するけれど、その危険性ゆえに医療機関の介入は限定的なものに留《とど》まっていた。

迷宮内での救助活動は探索者たち自身の手によるもので、医療スタッフにできることは、

救助されてきた傷病者を看護することだけだ。
　そういった状況を変えるべく、日本赤療字社は、子飼いの探索者を確保しようとした。
　日療が探索者に求めた条件は三つ。回復魔法を扱えること。ある程度の深さまで潜れること。どこかの組織に属していない、自由な立場を持っていること。
：そんなのお嬢しかいないじゃん
：適任すぎて草
：すげえ、お嬢のスペックがここまで見事にハマるなんて
：でも、お嬢はそれでいいの？　お嬢は探索がしたいんでしょ？
「うん。だから、配信活動の主体は、私が決めて、いいみたい」
：ふうん？
：もうちょっと詳しく
「普段は、今まで通りに、配信する。だけど、救助要請があった時は、優先して、現場対応に当たる。それだけ、です」
：ああ、それじゃあ配信スタイルは大きく変わらないのか
：事件があった時に動く感じなのね
：ならよかった

「それに、困ってる人は、助けたいし。だからね、悪いことじゃないよ？」

人助けをすること自体は今までもあった。一週間前のあれが初めてじゃない。

人を助けることは嫌いじゃない。たしかに私はコミュニケーションが苦手だけど、だからって人が嫌いというわけではないのだ。

：ええ子や……
：お前一生推してやるからな覚悟しろよ
：さっさと収益化申請通せよ配信者のクズにして人間の鑑《かがみ》が
：ご祝儀《しゅうぎ》なげさせてくれなかったら暴れちゃうもんね
：なんだこのツンデレども
：日療に募金しとけ

とまあ、ここまでが前置きだ。

これから私は、もうちょっとだけ頑張って、配信者っぽいことをやらないといけない。

「なので。あらためて、自己紹介を、させてください」


：自己紹介!?

：お嬢が!?　あのお嬢が!?

：ビッグニュースが多すぎる

：セカンドインパクト
：自己紹介するだけで、日療所属に並ぶ衝撃を放つ女
：フロア熱狂してます
「いい機会だから。マネージャーさんに、色々決めたらいいって、言われちゃった」
：マネージャーさんナイスすぎる
：マネージャーも日療の人なのかな？
：色々って？　なに決めるの？
「タグとか、ファンネームとか、そういう、配信者っぽいやつ」
：うおおおおおおおおおおおおおお
：ついに俺らに名前がつくのか！
：まさか配信の感想をSNSに書ける日が来るなんて
：今まで「お嬢の配信」とか「お嬢のリスナー」とかで通してたもんな……
：パブサに引っかかんねえのなんのって
名前すら名乗れていなかったこと、ちょっとは気にしていたのだ。
元々隠したかったわけじゃないし。これまでの禊《みそぎ》も兼ねて、ここで明かしてしまおう。
次のスライドをめくる。そこに、私の名前が——。

「……あれ」

白衣のポケットが震える。そこに突っ込んでいたスマートフォンが着信を知らせていた。

これは日療から支給された、迷宮内でも使用できる専用のスマホだ。これにかかってくるのは仕事の電話だけ。

つまりそれは、要救助者が出たということで。

「白石《しらいし》です」

すぐに応答する。配信の流れなんて気にしていられなかった。

：さらっと名乗ったぞ
：名前、白石なのか……

：ええんか？　これで
：ほとんど放送事故みたいなもんやないかい
「配信中すまない。早速、君に対応してもらわなければならない案件ができた」

この人は私のオペレーターだ。現場担当である私に指示を出してくれるお兄さん。

「場所は」

「迷宮二層、悪疫の巣穴エリアだ。細かい座標は端末に送る」

「すぐ行きます」

応答は最小限に。電話が切れると、すぐに位置座標がスマホに届いた。

スライドを片付けて走り出す。風走りのシリンダーも使って、全速力だ。

：あれ、自己紹介は……？

：配信者としてそれでええんか？

：でも緊急なんだからしょうがなくない？

：俺らにできるのはお嬢を見守ることだけよ
：お嬢はお嬢の道を行け
ごめん、リスナー。配信者としてあるまじきことかもしれないけど、それでも今はこっちを優先させてほしい。

君らの相手は、また後だ。

お嬢の救命RTA

転移魔法陣を使って二層に移動し、まっすぐに走り出す。

迷宮二層、樹海迷宮エバーリーフ。広大な樹海が広がるこの迷宮は、探索者に与えられる大自然の試練だ。

：二層かぁ、ここ面倒なんだよな
：入り組んでるし罠《わな》も多いし、方向感覚狂うしとにかく広いし……
：魔物自体はそこまで強くないけれど、純粋に自然が手強《てごわ》い
：まあ、お嬢なら大丈夫でしょ

今回の目的地は悪疫の巣穴。大樹の空洞に広がる、ちょっとした洞窟だ。まずはその入口まで行かなければならない。

風走りのシリンダーを再起動。足に旋風をまとい、宙を蹴った。

一蹴りするごとに体が宙に跳ねていく。一歩、二歩、三歩と、空を踏みながら加速して、飛ぶように空を駆け抜ける。

：なんか飛びはじめたぞ
：おー、風駆けじゃん
：風走りの応用技やね
：久々に見たな、お嬢のこれ
：マジで急いでる時しかやらないやつだ

この技、魔力消費が激しいから普段使いはなかなかできない。あと、空を飛ぶのって結構目立つし。

とはいえ今は緊急事態。四の五の言わずに空を駆けて、大樹の根本に着地した。
大樹の根本には大きなうろが空いていて、中は洞窟のようになっている。その洞窟には、白く粘ついた蜘蛛《くも》の巣が張り巡らされていた。
：うっわよりにもよってここかよ
：蜘蛛の巣地獄じゃん
：クモが苦手なやつは配信閉じとけ
：グロい死体が見たくないやつも
シリンダーを一つ使う。発動した魔法は風起こし。その名の通り、強い風を巻き起こすだけの初歩的な風魔法だ。
蜘蛛の巣をまとめて吹き飛ばし、ためらうことなく奥に進む。ぶちゃっと、靴の下で子蜘蛛が潰れた。
途端、洞窟の壁を這《は》ってあらわれる、二匹の大蜘蛛。
：ひぎゃあああああああああ
：むりむりむりむりむり
：このサイズはマジで勘弁してください！
：俺、探索者にだけは絶対ならねえ

：なんでお嬢は目の前にこれがいて平然としてるんだよ

風研ぎのシリンダーを使って、刃に風をまとった。

やることは簡単。まず、まっすぐに突っ込んでくる蜘蛛の攻撃を避けて裏を取る。

次に、蜘蛛の内臓がたっぷり詰まったお腹《なか》を切り捨てる。これだけだ。

：グロいってグロいってグロいって！

：倫理フィルタああああああああ

：諦めろ、お嬢がそんなもんつけるわけないだろ

：これは人道的な救助活動なので大丈夫です

：配信的には何一つ大丈夫じゃないです

続けて二匹目も同じように討伐する。蜘蛛はお腹が柔らかくて倒しやすいから、相手していて嬉《うれ》しいほうの魔物だ。

ビジュアルはまあ、キモいっちゃキモいけど……。探索者やっていたら、これくらいは慣れるものだ。

：お嬢、躊躇《ちゅうちょ》なく進むよな……

：これでも年頃の娘さんなんだよな

：悲鳴とかってあげないのかな

：お嬢がそんな配信者っぽいリアクションするわけないだろ！　いい加減にしろ！
：配信者なんだよなぁ
行く手を阻む蜘蛛たちを切り伏せながら、一秒でも早く奥へと進む。タイムアタックでもしているかのように、一分一秒を削りながら、とにかく奥へ。
やがて私は、目的の座標に辿《たど》り着いた。
そこは悪疫の巣穴の最深部。この蜘蛛たちの女王たる、それの巣穴だ。
広大な空間に張り巡らされた無数の蜘蛛の巣を、大小様々な蜘蛛たちが這い回る。その様は、まるで闇そのものが蠢《うごめ》いているかのようだった。
天井からは動物大の繭がいくつも吊《つ》り下がっている。古い血で汚れたそれの中には、蜘蛛の餌食《えじき》になった獣たちが収められているのだろう。
その中に二つ、真新しい人間大の繭があった。
「あれかな」
：あれかな、じゃねーんだわ
：映像に対して反応が淡白すぎる
：ホラゲーRTAばりにあっさり流したなー
繭はまだ、小刻みに動いている。まだ死んではいなそうだけど、蜘蛛に敗北してああなったなら、相当まずい状態だ。
早急に救助しなければならない。だけどその前に、処理しなければならない敵がいた。
洞窟の壁が動き出す。否《いな》、壁ではない。壁と見紛《みまが》うほどに巨大な、この巣穴に巣食う女王蜘蛛だ。
女王蜘蛛と戦うのはこれが初めてではない。私はこれまで、先代だか先々代だかの女王蜘蛛を何度も切り伏せている。
しかしそれは、簡単な相手であることを意味しない。
：こいつの顔見るのも久々だ
：半年ぶりか
：前倒した時のクリアタイムどれくらいだっけ？
：七分ちょっと
：間に合うのか……？
今回の目的は人命救助。一分一秒を争う状況だ。ただ倒せばいいってわけじゃない。
真っ向から勝負なんかしていたら、手遅れになってしまう。それなら……。
：どうすんだ、お嬢
：女王蜘蛛って結構硬いぞ

：あれでボス格だからな、いくらお嬢でも瞬殺は無理だろ
：お嬢、スピードはあるけどパワーはそこそこだから
：それでもお嬢なら……お嬢ならきっとやってくれる……！
ポーチに突っ込んでいた秘密道具を取り出す。探索者の必需品、ってほどでもないけれど、あったら便利な素敵なオモチャだ。
その名も、焼夷《しょうい》手榴弾《しゅりゅうだん》。
：は？
：現代兵器マジ？
：え、効くのか？
：いや、魔力の練り込まれてない火なんて魔物には効かないはず
：あいつら、魔力加工してない装備じゃいくら攻撃したって意味ないし
：でも、お嬢がそんなこと知らないはずなくね？
魔力装甲を持つ魔法生物にダメージを与えるには、同じく魔力を練り込んだ武器を使うしかない。マシンガンだのライフルだのを持ち込んだところで、通常兵器では魔物には通じない。
しかし、効果がないのは直接的なダメージだけ。

炎から発せられる熱と光。それが呼び起こす原初的な恐怖は、動物としての本能を確実に揺さぶる。

放り投げた焼夷手榴弾から勢いよく炎が噴き上がる。その火は蜘蛛の外殻を焦がすことはないが、本能的に火を恐れた女王蜘蛛は、その場から大きく飛び退《しさ》った。

：効果あるのか……

：ダメージはなくても怯《ひる》ませられるんだ

：いやでも、手榴弾使って怯ませるだけってどうなんだ?

：魔力加工した装備使うよりはマシなんじゃね

：迷宮用の装備って平気でウン百万とかするから……

：これは文句なしのプロ探索者、なお配信者としては

怯んでいる間に、風駆けを使って宙を駆ける。天井から吊るされた二つの繭を回収し、両手に抱えて着地する。

……フル装備の探索者二人分。なかなか重たかった。

：重そう

：普通の女の子がクソデカ繭二つ抱えて走り回る絵面よ

：トータル百八十キロくらいか?

「あの、パワーはそこそこってさっき聞いたんですけど……探索者って体に魔力が馴染《なじ》んでて、普通の人間より身体能力高いから、これくらいはそこそこレベルっすね」

「探索者こわ」

要救助者の回収には成功した。あとは脱出するだけだ。

いまだ炎を嫌がっている女王蜘蛛に背を向けて、風走りで洞窟を逆走する。行きと同様に群がる蜘蛛たちを蹴散らしながら、飛び出すように洞窟の外に出た。

「海斗《かいと》！　奏夜《そうや》！」

洞窟の入口で一息ついていると、三人の男性が走ってくる。

この二人のパーティメンバーだろうか。彼らは必死の形相で、繭に包まれた二人に駆け寄った。

「二人は大丈夫なんですか⁉　まだ、生きてるんですよね⁉」

そんな風に詰め寄られて、私は思わず顔をしかめた。

日療からもらったマニュアルに、こういう時の対応はきちんと書いてあった。訓練だってちゃんと受けた。その内容に従うなら、こう言えばいい。

――落ち着いて、要救助者に触れないでください。これより救命措置を取るので、あなた方は周囲の魔物を近づけないように、ご協力をお願いいたします。
「あ、あの、落ち……。えっと、近づかないで。魔物、を……」
いかがだろうか。
これが我がコミュ力の為《な》せる業である。
：お嬢、めちゃくちゃ困ってる
：うろたえてる場合ちゃうぞ
：おちつおちちちおちつけけけ
：ここまでノーミスだった女、ここに来て初めての窮地
：女王蜘蛛より苦戦してない？
……ごめん、無理。本当ごめん。でも、人間にはできることとできないことがあると思うの。私の場合は、これがそれ。
内心申し訳なく思いつつ、口の代わりに手を動かす。
ナイフを使って繭を切ると、予想通りに男性が二人出てきた。どっちかが海斗さんで、どっちかが奏夜さんなのだろう。
二人ともまだ息はあるけれど、明らかに顔色が悪い。まぶたを開くと瞳孔が散大している。

　これは、毒にやられたな。
「うわ」
「酷《ひど》い……」
　後ろで見ているお仲間さんが、そんなことをつぶやいた。
「その白衣、ヒーラーなんですよね!? 早く、回復魔法を！」
　それはダメだ。私は黙って首を振る。
：この状況で回復魔法はまずくね？
：え、なんで？
：回復魔法って代謝を促進させるから、体内に毒が残ってると逆効果なのよ
：毒の回りがかえって早くなっちゃうって聞いた
：はえー、そうなんや
　ちゃんと説明してあげられたらいいんだけど、今はそれより手当てが先だ。
　まずは解毒《げどく》。えっと、蜘蛛《くも》毒に効く薬は……。
：蜘蛛毒は解毒血清の三号だっけ
：協会の講習で散々聞かされたわ、蜘蛛とやるなら三号血清は持っとけって
：ここのリスナーって有識者多いな

：実を言うと、リスナーの中に探索者が結構いる
：上級者のソロ探索って参考になるから
：いつもお世話になってます
三号血清を注射する。これで症状は治まるはずだ。

続いて二人目にも血清の投与を――。

：お嬢、前見て前！

：クモ！　クモが来てる！

うわ、本当だ。気づいてなかった。ありがとうリスナー。

応急処置は一時中断。風起こしのシリンダーを抜いて強風を放つと、迫りくる大蜘蛛は勢いよく吹き飛ばされた。

「うわっ」

「おいマジか⁉」

「敵が来てるぞ！」

三人のお仲間さんたちは、武器を手に立ち上がる。大蜘蛛の処理は彼らに任せて、私は救助の続きに戻った。

配信を休んでいたこの一週間、私は日療で応急処置の手法を学んでいた。本職の方に比

べれば付け焼き刃もいいところだけど、要救助者を前にそんな言い訳はしていられない。

二人目にも血清を注射してから、風祝《かぜはふり》のシリンダーを使って回復魔法をかける。体内に残った毒も回るが、同時に血清の回りも早くなる。この二人は、きっと生きて帰れるはずだ。

風祝をかけ続けること数秒間。

意識を失っていた二人が、目を覚ました。

「うぐっ……」

「おっ……」

そして、目を覚ましてすぐに、その場に激しく吐瀉《としゃ》物をぶちまけた。

：うわあああああああああああ

：だから唐突にこういう絵面出すのやめろって！

：おい俺飯食ってたんだけどどうしてくれんだ

：こんな配信見ながら飯食うお前が悪い

：クモまでならセーフだったのかよすげえなお前

：グロもゲロもなんでもアリかよこの配信

：お嬢もそんなものまじまじと見ないで

：顔色一つ変えてなさそう

吐瀉物の中には、彼らが飲み込んでいた子蜘蛛が何匹も含まれていた。それも、生きている個体もちらほら。

……この二人の体内がどうなっているのかは、ちょっと想像したくない。それは安全なところに戻ってから、じっくり検査してもらおう。

「大丈夫？」

そう言いつつ、彼らに生理食塩水のペットボトルを二本差し出す。これで口なり血なり綺麗《きれい》にしてもらおう。

何を隠そう、私の貧弱コミュ力でも、これくらいの単語なら喋《しゃべ》れるのだ。

「ああ、ありがとう……」

「君が、助けてくれたのか……」

「ん」

：生きててよかった

：GG

：今日も救っちまったな

：初仕事おつかれ、お嬢

：色々あったけどよかったよかった

まだ終わってないよ。

救助はお家《うち》に帰るまで。これから彼らを安全な地上まで護送しなければならないし、それ以外にもやらないといけないことがもう一つ。

「待ってて」

剣を抜き、風研ぎのシリンダーを構える。

応急処置中に襲撃を仕掛けてきたあの大蜘蛛。今はお仲間の三人が抑えているけれど、遠目で見るに戦況は芳《かんば》しくない。

救助者ではなく、探索者として。後輩たちの助太刀をするのも、大切なお仕事だ。

烈風は吹きすさぶ

決戦！　悪疫の巣穴！【BSP所属／東雲玲音視点】

圧倒的だった。

その少女は、あまりにも強く、鮮烈で、そして何よりも速かった。

：つっっっっっっっっっよ

：なんだこの……なんだこれ……？
：速すぎて見えない
：画面に映るすべてが残像
：もはや放送事故レベル
：なんだこの人、化け物か
：マジですごい
　東雲たちが三人がかりで抑え込むのがやっとだった大蜘蛛は、彼女が加勢した瞬間ものの数秒で血霧と変わった。
　そして今。負傷者二人を背負っての撤退中も、戦っているのは彼女だけだ。敵があらわれたかと思うと、少女の白衣が風にはためいて、次の瞬間には敵だったものがあたりに散らばる。
　実力差、なんてものでは言い表せない。探索者をはじめてそろそろ一年になる東雲だが、ここまでの力を持つ探索者は見たことがなかった。
：それにしても、なんとかなりそうで本当によかった
：女王蜘蛛戦で負けた時はマジでもう無理って思っちゃった
：誰だか知らないけど助けてくれてありがとう……

……この人がいなかったらどうなってたんだろう

……考えたくない……

一連の出来事は、東雲にとってはまるで奇跡のようだった。

女王蜘蛛戦での決定的な敗北。これまで苦楽を共にしてきた仲間を置いての逃走。仲間の死という現実と、それに背を向けた自分という二重苦に苛《さいな》まれていた東雲の前にあらわれた彼女は、まるで雲を払う烈風のように、彼の絶望を吹き飛ばしていった。

そして今も、風の音は鳴り止《や》まない。

「……すごいな」

「ああ、ケタが違う……」

隣を走る仲間と共に、その光景を目に焼き付ける。

魅せつけられた、圧倒的な力。東雲たちが苦労した道程など、児戯に等しいと言わんばかりの決定的な実力。

嵐のような力を振るう少女は、顔色一つ変えずに振り向いた。

「急ぐよ」

少女はポーチからシリンダーを抜く。

魔法が籠められたシリンダーだ。迷宮探索用装備の中でも随一の高級品で、それを一本でも買うことができれば、初心者は卒業とされる。

東雲たちが持っているシリンダーは一本だけ。それも個人ではなく、グループ五人の共有財産で一本だ。

：あのシリンダー、何本目だ？

：風で吹き飛ばすやつと、剣に風をまとうやつは見た

：あと回復するやつも

：シリンダー三本も持ってんの？

：とんでもねえ上級者じゃん

少女がシリンダーを起動すると、東雲たちの足に旋風がまとわりつく。

この魔法は知っている。風魔法の中でもとりわけ有名な加速魔法だ。

：風走りだ！

：四本目のシリンダー……

：一体何本持ってんだこの人

：大手所属の方？

：いや、大手所属にしては見覚えがなさすぎる

向上した移動速度をもって、一行は全速力で撤退を続ける。道中にあらわれる魔物は、

やはり少女が一人で倒していた。

護衛なんてレベルではない。これではほとんど、子どものお守《も》りをさせているようなものだ。

それに悔しいと思えるのは、東雲の中にまだ闘志が残っているからか。

やがて東雲たちは転移魔法陣のもとに辿《たど》り着く。魔法陣をくぐれば、そこは慣れ親しんだ探索者協会だ。

協会に辿り着くやいなや、スタンバイしていた医療スタッフがすぐさま駆けつけてくる。蜘蛛《くも》毒にやられた二人が搬送されるのを見送って、そこでようやく、窮地を脱したという実感がふつふつと湧いてきた。

嵐のような時間が過ぎ去って、残ったのは四人。東雲たち三人と、例の少女だ。

一仕事終えた彼女は、ふうと息を吐いて、ポーチから取り出した生理食塩水をくぴくぴと飲んでいた。

「あ、あの……」

声をかける。少女は、少し困ったような顔をしていた。

「本当にありがとうございました。あなたがいなければ、俺たちどうなってたか……」

「ん」

それは、返事なのだろうか。会釈《えしゃく》ともつかないほどに、ほんのわずかにこくりと頷《うなず》く。

……それだけだった。

：喋らないんかい

：無言で草

：無視された？

：一応、返事っぽい何かはあったが

：無口キャラマジ……？

：この人も配信者なんだよね？

：後ろにカメラ浮いてるし、多分そうだと思うけど

配信者は喋るのが仕事だ。話し好きな人間が多いこの業界で、ここまで無口な人は東雲も初めて見る。

「俺ら、ＢｌｕｅＳｋｙＰｒｏｊｅｃｔって言います。俺は東雲玲音、この度は本当にありがとうございました」

自己紹介をすると、少女はまたこくりと頷いた。

今度は返事もなかった。ここまで反応がないと、どうしていいものか困ってしまう。

「あの、失礼ですが、お名前は……？」

「あ」

そこでようやく、自己紹介を求められていることに気づいたのか、少女は間の抜けた声を出した。

……綺麗な声だ。話さないのがもったいないくらいに。

彼女はポーチをごそごそと漁《あさ》る。中から取り出したのは赤い腕章だ。

鮮烈な赤地に、真っ白な天使翼のマーク。刻みつけられた救急の二文字。

その腕章を、彼女は思い出したように白衣の腕にくくりつけた。

「日本赤療字社所属。名前は――」

その時、着信音が鳴り響いた。

東雲たちのものではない。目の前にいる少女のものだ。彼女は白衣のポケットからスマートフォンを取り出し、すぐに応対した。

「白石《しらいし》です」

……日本赤療字社!?

……日療所属の探索者なんていたんか

……え、医療従事者の方ってこと？

……そんな人いるの!?

コメント欄がざわつくのも当然だ。業界に身をおいている東雲だって聞いたことがない。

言葉少なに電話に応じる彼女は、電話が終わるとすぐに身を翻《ひるがえ》した。もう行ってしまうらしい。おそらくは、次の要救助者のもとに。

「待ってください！」

反射的に呼び止める。

彼女に救われた命があるのだ。それをただ、ありがとうなんて言葉だけで終わらせてしまうのは、東雲の矜持《きょうじ》が許さない。

「せめて、何かお礼を……！」

少女はくるりと振り向いて、変わらない顔色で、腕章に記された天使翼の紋章を示した。

「募金、待ってます」

そう言い残して、今度こそ少女は去っていく。

：かっけえ……

：去り際までかっこいい
：日療の白石さんマジでありがとう
：日療ってすげえんやなって……

：お仕事おつかれ様です。ありがとうございます、頑張ってください

「はは……」

半笑いが自然と浮かぶ。意図せず、乾いた声が出た。

「なんだよそれ、ヒーローかよ……」

救急

二章　理由があったわけじゃないけど

今日はのんびりやっていこう

✚おしごと

「はじめます」

つぶやく。今日の配信だ。

本日のロケーションは、迷宮一層、洞窟迷宮ストーンメイズ。その中ほどにある地底湖に私はいた。

この地底湖には発光性のコケがあちこちに生えていて、ぼんやりとした薄明かりが幻想的なエリアだ。景色がいいので、お気に入りの場所だったりする。

：ついに来たな

：今一番熱い配信者

：あの超大手法人団体に所属した、話題性ナンバーワンストリーマー

：それでいて視聴者数は不動の女

：それ本当に話題になってんのか？
：俺らの中では話題だから
今日も変わらず、私の配信はこんな感じだ。
コメントをする人たちもいつものメンバー。リスナーたちの仲もよく、完全に内輪のノリが形成されてしまっている。
閉じたコミュニティと言えばその通りだけど、私は結構こんな空気感も気に入っていた。
：お嬢、新衣装おめでとう
：衣装？　なんか変わった？
：腕章がついた
：ほぼ差分やないかい
：お嬢にとっちゃこれでも新衣装なんだよ
ああ、これか。
この腕章は日療から支給されたものだ。真っ赤な布地に、天使の翼をかたどった意匠。でかでかと刻みつけられた救急の二文字。
業務中はできるだけこれをつけてくださいと言われていたので、いちいち外すのも面倒だし、白衣につけっぱなしにしていた。

：ていうか、お嬢って白衣の下いつも適当だよな

：ショートパンツとTシャツて

：初期装備かよ

：女の子なんだからもっとおしゃれせんかい

うるさいな。動きやすけりゃなんでもいいんだよ。

どうせ服なんて探索していたら汚れるし。洗いやすくて替えが利《き》くならぶっちゃけなんでもいい。防御力よりも速度を偏重する私のスタイルだと、装備なんて適当だ。

：顔もいいし声もいいのに、なんでこうなったかなぁ

：ちゃんとするとこちゃんとしたら、普通に人気出そうなのに

：素材は満点、調理はゼロ点

：今でも十分かわいいやろがい

：よく見ればかわいい、ただしよく見れば

：お嬢には他の配信者たちと並ぶと絶対に埋もれるタイプのかわいさがある

：アイドル的なかわいさはないけど、親戚の女の子的なかわいさならたしかにあるかも

これ、褒められているのかな……？

まあ、いいや。それよりも今日は、みんなに見せたいものがある。

「これ」
つぶやいて、ドローンカメラの前に剣を出す。
新品の剣だ。刀身はやぼったく、作りも粗末だけど、一応片手剣ではある。
：おー、新しいの買ったんだ
：前のボロッボロだったからなぁ
：これ安物じゃない？
：初心者が使うようなレベルの剣だけど
：お嬢の稼ぎなら、もっといい剣買えるでしょ
：なんで今さらこんなものを
コメントの反応は散々だった。
たしかに安物ではあるんだけど、私としては結構気に入っていたりする。
「初めての、お給料で、買いました」
：宝物じゃねーか！
：よかったなお嬢！　いい剣だぞ！
：人の命を救って手にした剣だぞ、誇れよ
：そう聞くと、この剣が輝いて見える……

：最高の一振りだ、見てるだけで涙が出てきた
：手のひら返すのはえーなお前ら
わかってくれたようで何よりだ。
まあ、安物だってことは自覚している。私だっていつまでもこんな剣を使う気はない。お金が貯まったら、ちゃんとした武器を買いなおすつもりだ。
新しい剣の試し切りも兼ねて、今日は一層をうろつく。時々出会った獲物を斬ったり斬らなかったり。ほとんど無目的に、ただぷらぷらと歩いていた。
：今日も一層か
：試し切りは大事
：これだけ瞬殺だと試し切りにもならなそうだけど
：剣がなまくらでもお嬢の腕ならそんな変わんねーな
：は？　聖剣オジョウカリバーなんだが？
：もうちょっと語呂のいい単語なかったんか
：この前は忙しかったたし、たまにはこういう日もいいっしょ
たしかに、あの時は忙しかった。あの、Ｂｌｕｅ……なんとか、プロジェクト。の人たちに続いて、救助要請が立て続けに二件も入ったのだ。

なんとか全部助けられたけれど、その日はそれだけで終わってしまった。勤務初日から慌ただしい一日だった。

：結局ファンネームとかも決められてなかったんだっけ
：タグもまだだぞ
：なんなら自己紹介もちゃんと聞いてない
：せっかくだし今やりなおす？

「む……」

そう言われると、そうだけど。どうしようかな。

個人的にはあんまり気乗りしない。あの日は覚悟を決めていたけれど、今突然やれって言われても、心の準備ができていない。

だけど、あんまり引き延ばすのも悪いし。どうしようか。

：お嬢？
：俺にはわかる、今の「む」はお嬢が悩んでる時の声だ
：プロリスナーかよ
：でも多分実際そう
：お嬢、今じゃなくてもいいんだぞ

：また今度気が向いた時にな

うちのリスナー、あったかいなぁ……。

どうしよう、お言葉に甘えちゃおうか。だけど私も日療所属の探索者になったわけだし、ちゃんとするべきところは、ちゃんとしないと。

「わかった、やる」

：お嬢……！

：成長したな、お嬢……

：おじさんはもう泣きそうだよ

：お前らお嬢のなんなの？

：親戚のおじさんだけど

：勝手に親戚になるな

ドローンカメラを操作して私の前にもってくる。

緊張する必要はない、はずだ。落ち着いてやろう。

カメラをきちんと見て、私はゆっくり話しはじめた。

「え、えと。日本赤療字社所属。探索者の――」

その時だった。

迷宮内に、つんざく警報が鳴り響いたのは。

：!?

：え、なになに急に
：迷宮内緊急警報!?

：何事?

：自己紹介、また聞けなかった……

壁にかけられたスピーカーから、警報と避難命令が鳴り響く。それらが響き渡る中、白衣のポケットが震えだした。

「白石《しらいし》です」

「白石くん、君に出動を要請したい。迷宮内で大規模な魔力変動が起きた。場所は一層の黒鉄《くろがね》坑道。被害の発生が予期される。行けるか?」

「すぐ行きます」

「頼む」

黒鉄坑道なら、ここからそう遠くない。電話を切って、私はすぐに走り出した。

：速報あった、黒鉄坑道で魔力変動だって
：うわ、そんな浅い場所でかよ

：しかもかなりの大規模らしい
：これ下手したら相当死ぬぞ
：すまん、魔力変動って何？
：知らんのか
：迷宮内に不定期に起こる魔力災害の一種だよ
：迷宮内に漂う魔力って層ごとに一定なんだけど、その魔力量が突然変動して、本来ありえないような大量の魔力が溢《あふ》れ出しちゃうの
：するとどうなる？
：大変なことになる
：魔物たちが元気になる
：大量の魔力を浴びた魔物たちが一斉に活性化する
：人がいっぱい死ぬ
：オーケー、つまりやばいんだな
魔力変動。それは、迷宮に足を踏み入れるものたちに降りかかる大いなる災いだ。
魔力変動が発生すると層の危険度が瞬間的に急上昇し、それまで安全だった場所が一瞬にしてレッドゾーンに切り替わる。ベテランの探索者ならまだしも、初心者が魔力変動に

対応することは極めて難しい。
：それってお嬢は大丈夫なの？
：お嬢は大丈夫だよ
：この人は慣れてるから
：いつかの時なんか、魔力変動の渦中《かちゅう》で平然と探索続けてたし
：次から次へとあらわれる暴走した魔物を、無言で淡々と切り刻んでたやつか
：あの時は怖かったなぁ
：どっちが魔物だよって感じだった

いつの話だよそれ……。

そういったことがあったのは否定しない。魔力変動が起こると魔物の湧きが増えるし、ドロップする魔石の質もよくなる。やり応えがあって楽しかったので、あの時はついつい長居してしまったのだ。

まあ、慣れたらそんなこともできるけれど、それでも災害は災害だ。ましてやここは迷宮一層、多くの初心者で賑《にぎ》わう過密地帯。そんな場所で魔力変動なんて起ころうものなら、大惨事になったっておかしくない。

迷宮を走り抜け、現場に到着する。

周囲は激しい戦闘音と、血臭と、悲鳴のようなものがごちゃまぜになっていた。

さて、私はどこから救助すればいいのだろう。スマートフォンを確認してみるけれど、救助要請の位置座標は一つも届いていなかった。

……あれ。なんでだろう。

スマホをたぷたぷ触って、オペレーターさんに電話をかけ直してみた。

「白石です。現着しました」

「早いな……！　すまない、救助要請が一気に入って情報が錯綜《さくそう》している。こちらで優先リストを作る、君は待機していてくれ！」

「え、あ、はい」

忙しいらしく、電話はすぐに切れた。

待機命令が出されたけれど、どうしようか。あちこちから戦闘音が聞こえてくるのに、ただ黙って突っ立っているのもなぁ……。

……ふむ。

：どうした？

：なんかトラブル？

：いや動き出したぞ

待てとは言われたけど、ここで待ってろとは言われてないし。いいや、勝手に動こう。
剣を片手に走り出す。向かう先は、とりあえず戦闘音が賑やかなところ。
工業用のＬＥＤライトで照らされた坑道を駆け抜けて、ほどなくして現場が見えてきた。
初心者らしき探索者二人が、体長二メートルのトカゲ型魔物と対峙《たいじ》している。一人は足を怪我《けが》してその場に倒れ込み、もう一人は負傷した探索者を庇《かば》うようにトカゲに剣を向けていた。
：トカゲ先輩じゃん
：うわ出た初心者キラーだ
：デカさとは強さだってシンプルに教えてくれるやつ
：あのサイズの野生動物相手に、何の訓練も積んでない人間が勝てるわけないんだよね
通常時だったとしても初心者の手には余る相手だ。ましてや今は魔力変動により大幅に強化されている。
彼らがどれほどの探索者かは知らないけれど、見るからに苦戦していそうだし。やっちゃってもいいだろう。
地面を踏み抜いて、弾丸のようにまっすぐ飛ぶ。探索者たちとトカゲの間をすり抜ける瞬間、一刀くるんと振り抜いて、トカゲの首を切り飛ばした。

：ええ……

：だから速すぎるって

：ドローンカメラが追いつかねえ

：なんかやったってことはわかるけど何したのかはまったくわからん

：気づいたら敵が死んでる

：初心者キラーとはなんだったのか

着地。剣を振って、血を払い落とす。

……うーん。やっぱ質悪いな、この剣。いい剣だったら、血がつく前に斬れるんだけど。

まあいいや。それより、救助救助。

「あ、ありがとう、ございます。助かりました……」

探索者の一人が息も絶え絶えにお礼を言う。

息は荒いが、大きな怪我はなさそうだ。こっちは特に問題なさそう。

しかし、負傷したもう一人のほうはそうもいかない。

見るからに初心者らしい女の子だった。足を怪我してその場に座り込んでいる。生死に関わる出血量ではないけれど、歩くのは難しそうだ。

「あ、あの……？」

側《そば》に座って怪我の様子を見ていると、少女は怯《おび》えた顔をしていた。
：お嬢、お嬢、声かけてあげて
：何も喋《しゃべ》らないの怖いって
：無言であらわれて無言で敵を倒し無言で傷口を観察しはじめた謎の女になってる
：一体何者なんだ……
ああ、そっか。そういえば、こういう時は声をかけてあげたほうがいいんだっけ。
「怪我」
「……え、え？」
「動かないで」
「は、はい……」
：うーん、これはバッドコミュニケーション
：そうだけどそうじゃない
：困惑されてますお嬢
：ま、まあ、お嬢にしては頑張ったほうなんじゃないか……？
：お話できてえらい
：お前らがそうやって甘やかすからこうなったんだぞ

……なんか、ダメだったらしい。ごめん。

まあいいや。ひとまず応急手当だ。これくらいの傷なら、風祝《かぜはふり》を使えばすぐに治るはず。

ウェストポーチからシリンダーを抜いて、魔力を通そうとする。

その寸前、なんとなく、血のにおいが気になった。

「……ん？」

彼女の傷口から垂れた血を指ですくって、においを嗅ぐ。

なんというか、薄い。魔力の匂いがほとんどしない。

指についた血を口に含む。味のほうもやっぱり薄い。間違いない、これは……。

「ひっ……！」

：お嬢！　お嬢！　怯えられてますお嬢！

：突然人の血を舐《な》めてはなりませんぞ！

：そんなばっちいものぺっしなさい、ぺっ！

：なんで舐めたの……？

血を吐き捨てて、水で口をゆすぐ。それから彼女にたずねた。

「ねえ」

「な、なんですか、あの、怖いんですけど……」
「何回目？」
：あー、そういうことか
：よく気づいたな
：危ないところだった
：急に何かを察するリスナーたち
：何が起きてるんですか、一体
「え、えっと、何回目って、何がですか……？」
「すみません、彼女は今回の探索が初めてです。俺が連れてきました」
本人はわかっていないそうだったけれど、相方の男の人が補足をくれた。
風祝のシリンダーをポーチに戻す。彼女はまだ、成りかけだ。この子に回復魔法は使えない。
：魔法って普通の人間には使っちゃいけないんだよね
：迷宮に潜りはじめてすぐの頃って、まだ体が魔力にうまく順応できてないから
：順応してない人に魔法をかけると、許容量を超える魔力が体内を駆け巡って最悪死ぬ
：いわゆる成りかけって人たち

：なんだそのえっぐい罠《わな》

それならそれで、魔法には頼らない処置をしなければならない。私はウェストポーチから救急キットを取り出した。

：なんかでっけえ箱出てきた

：どうなってんだあのポーチ

：四次元ポケットかよ

：そうだよ

：あのポーチ、次元加工されてるから

：マジかよ、超高級品じゃん

トカゲに噛《か》まれたらしく、彼女の足首には歯型がついていた。出血しているが食いちぎられてはいない。血を止めれば歩けるようになるだろう。

傷口を水でよく洗い流し、止血パッドを当てて圧迫止血。ある程度血が止まってきたらテープで固定すれば処置は終わりだ。

：手慣れてんね

：お嬢って普通の処置もできたんだ

：応急手当は全探索者の必修スキルだから……

：なおちょっと慣れるとポーションだの回復魔法だのでごり押す模様
「歩ける？」
「あ、はい。ありがとう、ございます……」
相方の男が、怪我人の彼女を支えて立ち上がる。
「すみません、助かりました。こいつは俺が連れて帰ります」
「気をつけて」
そのまま、二人の探索者は出口へと向かっていった。
護衛まではしてあげられないけれど。ここなら出口まではそう遠くないし、あれくらいの怪我なら大丈夫だろう。
「……ふう」
：おつかれ、お嬢
：GG
：とりあえず一人助けられたね
：まだ終わってないけどな
一息つく。処置としては簡単なものだったけど、気分的には一仕事終えたものに近く。
「がんばった」

：お、おう
：楽勝だったように見えたけど
：敵も怪我も大したことなかったぞ？
「気をつけて、まで言えた」
：そっちかぁ
：なんかこの……なんだかなぁ……
：的確な救助から繰り出される、あまりにもポンコツなコミュニケーション能力
：えらいぞお嬢、よく頑張ったな
：だからそうやって甘やかすから
その時、白衣のポケットに突っ込んでいたスマートフォンがぷるぷる震える。オペレーターさんからの着信だ。
「白石《しらいし》です」
「すまない、遅くなった。近場から行こう。A－7地点にトカゲ型魔物に襲われている探索者が二名、向かえるか？」
A－7地点。どこだっけと思いつつ、坑道の壁にかけられたプレートを見る。
ここだった。

「もう助けました」

「……勝手に動いたな」

「ダメでしたか」

「いや、いい。よくやった」

ちょっと含みのある言葉だった。独断はさすがにまずかっただろうか。

でも、あんまり反省はしていない。助けられたならそれでいいと思っている。

「救助要請はまだあるぞ。次の現場に向かってくれ」

「場所は」

「すぐに端末に——いや、このまま口頭で指示を出そう。インカムをつけてくれるか？」

「え」

い、インカム……？　あれつけるの……？

たしかにそういうものも支給された。使い方も知っている。だけど、実際に使うのは抵抗があった。

「通話……」

「どうかしたか？」

「繋《つな》ぎっぱなし、ですか？」

「ああ、そうなるな。支障があるか？」

ある。

支障はある。大ありだ。私の精神は、長時間誰かと会話をするなんて特異な状況に適応できていない。

一言二言の応対ならできるけど、それ以上のことを求められると、かなり厳しい。

「あの……」

「なんだ」

「……なんでも、ないです」

「そうか。頼んだぞ」

とはいえ、ここで異を唱えられたら、こんな性格はやっていない。

このオペレーターの人。頼りにはなるんだけど、たまに強引な時があるからちょっと苦手だ。


ひえー。はわわ。ふえぇ……。

「白石くん、B－6地点に要救助者一名。すぐに向かってくれ」

ひえー。

「白石くん、次はA－4だ。探索者が魔物と交戦中、負傷者多数。応援を頼めるか？」

はわ、はわわ。

「白石くん、そいつは後回しだ！　もう一人の出血が激しい！」

ふえぇ……。

：急に慌ただしくなってきた

：お嬢、ずっとわたわたしてる

：慌てつつもここまでノーミス

：危なっかしいのは態度だけか？

：手つきはよどみないのに、何でこんなにわたわたしてるんだ

だって、そんなこと言われても……。

とにかく必死で、無我夢中だった。私の頭はぐるぐるだ。

初めての災害救助は慌ただしく、まさしく鉄火場と呼ぶにふさわしい目まぐるしさがあったけれど、それ以上に。

「白石くん」

「は、はい！」

「少し落ち着け」
「……すみません」
……こんな風に叱責するこの人が、私のぐるぐるの元凶だったりする。
：まあ、ずっと通話繋ぎっぱなしだからな……
：※お嬢の耳元ではずっと人の声がしています
：それがどうしたんだよ
：お嬢に通話なんてできるわけないだろ！
：いきなり電話するなんて、お嬢には刺激が強すぎる
：この子は文通くらいの緩やかなコミュニケーションから慣れさせてあげないといけなかったのに
：オペレーターさん、意思伝達は狼煙《のろし》でお願いできませんか？
：お前らお嬢のことなんだと思ってんの？
……こいつら、いくらなんでも私のこと舐《な》めすぎじゃないか。
私だって、できるぞ、通話くらい。ただ三十秒以上になると頭がぐるぐるしてくるから、それ以上はちょっとわかんないけど……。
大体、電話って強制的に一対一になるのがよくないと思うんだ。相手が話したら、次は

自分が話さなきゃいけないじゃないか。あの有無を言わせぬテンポ感ってやつが、どうにも私は好きになれない。

すべては電話を生み出したやつらが悪い。ベルとエジソンとメウッチが悪いんだ。私悪くない。

……よし。

とにかく一度落ち着こう。深呼吸を一回、二回。

「白石くん」

「行けます。次は、どこですか？」

「狼煙のほうがよかったか」

「……もしかして、配信見てます？」

「ああ。そちらの状況を把握するのに有用だった」

……いにゃぁぁぁぁぁぁああああああ（声にならない悲鳴）

あっ……あっ……あっ……（嗚咽《おえつ》）

ひぐっ……うっ……うぇぇぇぇ…………（啼泣《ていきゅう》）

：なんだなんだ、急に苦しみだしたぞ

：今日のお嬢は奇行が目立つなぁ

：奇行助かる
：もしかしてオペレーターさんに配信見られた？
：お前らが変なコメントばっかりするから
：ぼくはクソコメしてないです本当です
：連帯責任なんだよなぁ
頼むから黙っていてほしかった。
普段コメントなんて気にしたこともなかったけど、人に見られていると知ると急に恥ずかしくなってくる。
せめてお仕事する時だけは、きちんとした姿を見せようって思っていたのに……。
「君は、そうか。コミュニケーションが苦手なんだったな。すまない、聞いてはいたが失念していた」
「……なら、通話切ってもよかですか」
「それはダメだ。次の要請が来た、すぐに向かってくれ」
「……行きます」
……この人。気遣いとか、そういうのはないのだろうか。
この状況で、そんなこと言っていられないのはわかっている。だけど、少しくらいは遠慮してほしいと思わずにはいられなかった。

＊＊＊＊＊

狭い坑道に、烈風が吹き荒れる。
荒れ狂う風は坑道の壁に当たり、跳ね返り、乱気流を生む。不規則な烈風は空間の風を四方八方にかき回し、洗濯機の中に放り込まれたような混沌《こんとん》を生み出した。
少しして、風は坑道の奥へと吹き抜けていく。後に残されたのは、乱気流に飲まれて目を回した、コウモリ型の魔物たちだけだった。
「すごい……」
助けた探索者のつぶやきが背中に届く。やりづらさを感じつつ、私は風降ろしのシリンダーをポーチに戻した。
：こうしてみると強いな、風降ろし
：風降ろしは対空特攻だから
：効果範囲広いし即効性あるし、使い勝手いいよ
：拘束魔法にしては拘束力が弱いのが難点

……それ致命的じゃない？

飛行能力を喪失したコウモリたちの頭を、一匹ずつ踏み潰せば戦闘はおしまい。

さて、ここまでは簡単なお仕事。ここからが難しいほうのお仕事だ。

「無事？」

振り向いて、探索者たちに声をかける。

今回助けたのは団体さんだ。初心者っぽいのが三人、少し慣れていそうな女の子が一人。

……全部で四人。知らない人たちに声をかけるのって、なんでこう緊張するんだろう。

「ご助力感謝いたします。おかげで助かりました」

「怪我《けが》は？」

「私は無事です。ただ……」

迷宮慣れしていそうな少女は、床に座り込んでいる初心者たちに目を向ける。

そのうちの一人。少年の腹が食い破られて、内臓がてろりとはみ出ていた。

横腹から胸にかけて走る咬傷《こうしょう》。出血量もおびただしく、体中の血が全部出てしまったのかというくらい、あたり一面血まみれだ。

まだ、生きてはいるけれど。

「ふむ」

：ふむではないが
：あの、もう一度聞きたいんですけど、倫理フィルターとかって
：そんなもんはない
：モロでいったのか、かわいそうに
：大丈夫か？　これ
ちょっとまずいな、これ。
それに運も悪い。この少年も成りかけだ。まだ体が完全に魔力に順応しきっていない。
傷の具合を確認しつつ、救急キットを手元に用意する。
回復魔法抜きでなんとかなるか……？　いや、応急処置だけでは限界がある。この深さの傷を止血するには、回復魔法の使用は必要不可欠だ。
「何回目？」
「え、え、何がっすか？」
「探索経験。この子の」
「あ、はい。こいつはこれが二回目です！」
近くにいた別の初心者がそう答える。二回目か。それなら、まだ。
風祝《かぜはふり》のシリンダーを救急キットの隣に置く。全力で回復魔法をかけるわけにはいかな

いが、まったく使えないってわけではない。
……やるんか
……初心者に使って大丈夫？
……でも、このままだとどのみち死ぬし
……一か八かか
……頼む、なんとかなってくれ……
「大丈夫だ、白石《しらいし》くん」
「いづ」
その時、耳元で、急にオペレーターさんの声がした。
……なんだ今の声
……なんかすげー音したけど
……びっくりした。集中しているのに、急に話しかけないでほしい。
「見た目ほど酷《ひど》くないはずだ。ドローンを近づけられるか？」
言われた通りにドローンを操作し、傷口に近づける。
しかし、ここは薄暗い坑道だ。壁掛けのＬＥＤライトがあるけれど、それだけでは見づらいかもしれない。

「照らします」
探索者の少女が、私の隣で懐中電灯をつけてくれた。
薄暗い坑道の中、彼の内臓が明るく照らし出される。助かった。これなら映像越しでもよく見えるはずだ。
：ひえっ
：ナイスアシストだけどさぁ！
：配信的には、その、あのですね
：医療ドラマでも見ねえよこんな画《え》
：人命救助だ、文句言うな
コメント欄が加速したのは視界の端に映っていたけれど、目を通す余裕はなかった。
「見たところ、臓器に大きな損傷はない。腹筋が止めてくれたようだな。これなら止血すればなんとかなるぞ」
了解です。
ゴム手袋をはめて内臓を腹の中に押し戻し、傷口にパッドを当てて固定する。血さえ止めれば、人体ってやつは案外なんとかなるものだ。
「お、俺……。このまま、死んじまうん、すかね……」

驚いたことに、少年にはまだ意識があった。

「はは……。無理そう、なんすね。だって、黙ってるってことは、そういうことじゃないすか……いづっ」

「違う」

「いや、いいんす。自分のことは、自分で、よくわかってるんで……。くそっ、ついてねえな、ちくしょう……」

「あの」

「やべえな、母ちゃんに怒られちまう……。まだ、なんの孝行も、できてねぇのに……」

よく喋《しゃべ》るやつだな……。

意識があるうちはまだまだ大丈夫。すぐに死ぬわけじゃないのだけど、そんなこと言っても本人にはわからないだろう。

なんとか言って安心させてあげたほうがいいのかな。だけど、こういう時に気の利《き》いた言葉が出てくるはずもなく。

「え、と。あの……」

「大丈夫ですよ。これくらいじゃ、あなたは死にません」

代わりに答えてくれたのは、懐中電灯を照らしてくれている女の子だった。

「安心してください。もっとお腹《なか》の中ぐちゃぐちゃにされたって、この人は生きて帰してくれます。――そうですよね？」

彼女は、私ににこりと微笑《ほほえ》みかける。

今になって気づいたが、どこかで見覚えのある顔だった。

：誰だっけ、この人

：めちゃくちゃ見覚えあるんだけど名前が出てこない

：つい最近、どっかで見たような

コメント欄もざわついている。彼らにも見覚えがあるらしい。

気になるけれど、今は救助が優先だ。

片手で止血を続けながら、風祝のシリンダーを手に取る。慎重に魔力を通すと、周囲にふわりと風が広がった。

必要なのは繊細な魔力コントロール。針の穴を通すように、細心の注意をはらって魔法を行使する。

「耐えて」

「うっ……ぐ、ぁっ……」

癒《いや》しの風が少年の体を包み込む。すべてを治す必要はない。流れ出る血が止まれば、それでいい。

少年の体調を見ながら、風祝をかけ続ける。二秒、三秒、四秒——ここまで。

これ以上の魔法投与は彼の体が持たない。シリンダーへの魔力供給を切ると、広がる風は緩やかに収まった。

「はっ……、はっ……」

「出血、止まりましたよ。これなら地上まで持つでしょう」

隣にいる彼女が、私の代わりに説明してくれた。

「死にそうなくらい、吐きそうなんすけど……」

「急性魔力中毒の症状ですね。死ぬよりはマシですよ」

「ははっ……。最高」

……ひえっ……

……なんとかなったの？

……魔力中毒かぁ、あれマジで辛《つら》いんだよな
……死ぬよりマシだけど死ぬほどキツい
ひとまず、応急処置はここまでだ。止血パッドをテープで固定すれば、この場でできることはもうない。

後はいち早く彼を地上に搬送するだけ。私はポーチから折りたたみ担架を引っ張り出した。

：そのポーチ、担架まで入ってんのか

：四次元ポーチすげえな、俺もほしくなってきた

：あれいくらすんの？

：お嬢のポーチは二億ちょい

：たっっっっっっっっか

：ブランド品とかいうレベルじゃねえ……

「手伝います」

探索者の少女は当然のように助力を申し出てくれる。その時になって、私はあらためて彼女を見た。

美しく流れるマリンブルーの髪に、抜けるように白い肌。すっと整った目鼻立ち。輝きを帯びた瞳はサファイアのように透き通っている。

やはりこの人には見覚えがある。そう昔のことじゃない。つい最近、どこかで……。

「覚えてますか？　私のこと」

目が合うと、彼女は華やかに微笑んだ。

「蒼灯《あおひ》すず。先日、あなたに命を救われた探索者です」

（白石さん、戦ってる時はかっこいいのに話してるとかわいいなぁ）

要救助者を搬送しながら、私たちは地上を目指した。

担架は初心者二人に担《かつ》いでもらって、私と蒼灯さんは護衛に回る。血のにおいにつられてきた魔物を駆除して、道を切り開くのが私たちの役割だ。

蒼灯さんは、率直に言って筋がよかった。

優美な両手剣がすらりとひらめくたびに、魔物が二つに切り分けられる。一つ一つの動きに無駄がなく、流れるように剣が躍る様は、まるで完成された舞踏のようだった。

少女が舞い、命が散る。美しい剣技だ。思わず見惚《みと》れてしまうくらいに。

：蒼灯さんいいね

：華のある戦い方するなぁ

：なんでヤドカリに負けたんだ？

：ヤドカリは相性が悪かったんや……

：あいつら刃物に対して異常に強いから、対策ないと普通に死ぬ

うちのリスナーにも蒼灯さんのリスナーがいるらしい。私たちが戦っている間、彼らは彼らで雑談していた。

：蒼灯さんって何の人なの？
：あおひー知らんとかマジ？
：個人勢の実力派ソロ探索者だよ
：なんか聞き覚えあるな
：お嬢の同類じゃん
：めっちゃ社交的でファンサ多め、平均同接一万超えの大手配信者さん
：まったく聞き覚えがない
：お嬢の対極じゃん

…………。

悪かったな、内向的でファンサが少ない弱小配信者で。

：ってか、三層探索者で実力派なんだね
：ソロで中層潜れるってだけで一目置かれるんだよ普通は
：探索者はパーティ組むのが普通だから
：お嬢と比べるのはさすがに可哀想《かわいそう》かも

：お嬢は規格外だから……

：配信力も規格外なんだけど

やかましいわ。

私のことはいいんだよ。それよりも、気になるのは蒼灯さんのこと。

一目見たらわかるくらいに彼女は動ける。こんな人が一層にいること自体に違和感があった。

疑問に思っていると、蒼灯さんはこちらに振り向いた。

「まだ、怪我《けが》から復帰したばかりですから。今日は軽めにしておくつもりだったんです」

物言いたげな視線を察したのか、彼女は自分から話し始めた。

「一層で慣らしてたら、魔力変動に巻き込まれちゃって。撤退中にこの子たちを見つけて、これまで護衛してました」

となると、あの初心者たち三人とは元々面識があったわけじゃないのか。

自然と人助けをする姿勢は立派だと思う。だけど。

「……無理は、よくないと、思う」

ついこの前、彼女は大怪我を負ったばかりだ。回復魔法を使えば治ると言っても、救助した身としてはもう少し安静にしていてほしかった。

「ごめんなさい。でも、じっとしているのは苦手なんです。それに、早くリスナーさんたちに、元気な姿を見せたいじゃないですか」
蒼灯さんはにっこりと微笑む。
見上げた配信者根性だ。それは、私にはないものだった。
：そういうことするとリスナーは余計に心配するよ
：向こうの配信見てきたけど、案の定杞憂《きゆう》コメの嵐だった
：そらそうよ
：リスナーは余計な心配したがる生き物なのでね
：冷めてんなぁ、お前ら
一方、うちのリスナーからの評価はこんな感じ。頑張っているんだから素直に応援してあげたらいいのに、というのは配信者としての言い分だろうか。
とはいえ、リスナー心なんてものが微塵《みじん》もわからない私に、とやかく言う権利はなく。
「それで、白石《しらいし》さんはどうしてこの階層に？」
「え、と……」
どう答えようか、少し迷った。
武器をなくしたからって答えたらあてつけっぽくなるし、救助対応のためって答えると

説明が長くなる。どちらの話題も、私のコミュ力では到底制御しきれるものじゃない。

：ん？

：あれ、今なんかおかしくなかった？

：え、何が？

：いやだって
「……あれ？」

悩んでいると、リスナーたちがざわめいていた。それでふと、気がついた。

……私、この人に自己紹介、したっけ？

「あ、あの。えと……」

「どうしました？」

「名前、なんで……？」

「あ、やべ」

それで察したのか、彼女はさっと顔色を変える。かと思うと、見惚れるような笑みを、ぺったりと貼り付けた。

「あらためまして、蒼灯すずです。先日は大変お世話になりました。差し支えなければ、お名前をお聞きしてもよろしいでしょうか？」

「ええー……」

こ、この人、いけしゃあしゃあと……。

なんでかは知らないけれど、向こうは私のことを知っているらしい。

まあ、名前くらい、別に知られていてもいいんだけど……。

「いや、すみません。白石さんですよね。あの後、どうしてもお礼が言いたくて、協会の人に聞いちゃって……」

せっかくだしこの機会に名乗ろうと思ったら、蒼灯さんは取り繕うようにそう言った。

：あー、その手があったか

：協会の人ならそりゃお嬢のことも知ってるわな

：待てよ、だったら俺らも協会に問い合わせれば

：風情《ふぜい》がないからダメ

：風情の問題なのか……？

……まあでも、そういうことなら納得した。

この人、めちゃくちゃ察しがいいし。私の疑問をぴたりと言い当ててくるし。てっきり、心でも読めるのかなって思っちゃった。

「ちなみに、心も読めますよ」

「え」

：!?

：読心術マジ？

：そんな魔法あったっけ？

：聞いたことないけど

：頭にアルミホイル巻かなきゃ

「ま、嘘《うそ》ですけど」

「……嘘？　ほんと？」

「嘘です。ほんとに嘘です」

そう言って蒼灯さんはくすくすと笑う。

からかわれたってことらしい。彼女、中々イイ性格をしていた。

：嘘なんかーい

：ただ超能力レベルで察しがいいだけだった

：それはそれで怖い

：まあ、お嬢の考えてることはわかりやすいから……

：表情あんま変わんないけど、ド素直だから読みやすいよね

：ちょっと慣れたら簡単にわかる
：最近後ろ頭見るだけで、何考えてるかわかるようになってきた
：お前らのほうがこえーよ
……え。私って、そんなにわかりやすいかな？
頬のあたりをつまんでむにむにしてみる。これか。この顔が悪いのか。
：あ、気にしてる
：気にしちゃったか～w
：次は気にしてることがバレてちょっと恥ずかしくなるぞ
：その後はうらめしげにカメラをにらむ
：本当にそうなって草
：わかりやすすぎるんだよなぁ
：お嬢のジト目でご飯三杯いけますわ
お望み通りのジト目で、私はドローンカメラに手を伸ばした。
「配信終わります。では」
：あーー！　ごめん！　お嬢ごめんもう言わないから！
：まって！　まって！　切らないで！

：もう言わないです許してくださいお願いします！

：ぼくは止めようと思ってました！　本当です！

：配信だけは切らないで……どうか……どうかお慈悲を……

すんでのところでドローンに伸ばした手を止める。

映像記録を残すのに、配信じゃなきゃいけないなんて決まりはないのだ。手間が少ないから配信しているってだけで、録画したデータを後から公開しても問題はない。

あんまり舐《な》めたこと言うと配信切るぞ、という脅し。お話が苦手な私にできる、対リスナー用の最終手段だった。

「………………かわいい」

その時、蒼灯《あおひ》さんが何か言ったような気がした。

振り向くと、彼女はにこにこと微笑《ほほえ》んでいる。首をかしげると、彼女は笑って答えた。

「いいえ、なんでもないですよ。お気になさらず」

よくわからないけれど、蒼灯さんは楽しそうだった。

「白石さんのこと、クールな方なのかなって思ってたんですけど……。話してみると、意外に面白属性の人ですね」

お、おう……。

この人は一体私の何を見ていたんだろう。クールかどうかは知らないけれど、面白属性ってのは、絶対に違うと思う。

：ほう、なかなかやるな小娘

：初見でお嬢の良さを見抜くとは、見どころがあるじゃないか

：貴様の名前は覚えておいてやろう

：チャンネル登録と高評価もしてやろう

：ちょれーな、お前ら

うちのリスナーは喜んでいた。こいつらもこいつらでよくわからない。なんなんだろう。

「いつか、白石さんとはお話ししたいと思っていたんです。あの時はロクにお礼も言えませんでしたから。まさかこんなに早く再会できるなんて、人助けもしてみるものですね」

お、お話、か……。

私としては思わず身構えてしまうワードだけど。でもこうして、じっと人の話を聞いているだけでいいなら、まだ気は楽だ。

「白石さん、あらためて言わせてください。その節は大変お世話になりました。あなたに救われたこの命、大事に使わせていただきます。本当に、ありがとうございました」

そう言って、蒼灯さんは折り目正しく頭を下げた。

：いい子や……
：こんなしっかりした子、そうそうおらんで
：配信者って良くも悪くも変人の集まりだからなぁ
：きちんとお礼を言えてえらい
：長生きしてくれ
　こうもしっかりお礼を言われると、さすがの私も何かを言いたくなった。
　助けられてよかった、とか。お大事にしてください、とか。きっとそんなことを言おうとしたはずなのだけど、言葉がうまく出てこない。
　こういう時、私のあやふやな言語能力が恨めしい。それでもなんとか言葉を探して、私は口を開いた。
「え、っと。助けられて――」
「白石くん」
「みゃ」
　そんな私の努力は、インカムに入った通信に粉々に打ち砕かれた。
：なんだ今の鳴き声
：猫が潰れたような声したけど

：お嬢……？　嘘だよな……？

……タイミングが。毎度毎度、タイミングが悪いんだよ、この人は……！

瞳で謝意を伝えて、インカムに意識を集中する。蒼灯さんは、微笑んで小さく頷《うなず》いた。

「……なんですか」

「白石《しらいし》くん、君が連れている彼が最後だ。要救助者を安全地帯まで搬送したら、そのまま地上まで戻ってきてくれ」

……それ、今伝える必要あったかなぁ……。

しかし、これで終わりか。結構助けたとは思うけれど、思ったほどじゃなかった。

「もう、終わりですか？」

「そうらしいな。しばらく救助要請は来ていない。あらかた助けたということだろう」

：え、終わったの？

：お嬢の声しか聞こえないけど、なんかそんな話してるね

：思ったより早かったなー

：もう救助終わったのか、やるやんけ

：魔力変動もこんなもんです、か

：でも、いくらなんでも早すぎない？

‥いいことじゃん

これが最後……？

本来は喜ぶべきことなんだろうけれど、妙な違和感があった。魔力変動は始まったばかりだ。まだまだ忙しくなると思っていたのに。

「それに、魔力変動も収束し始めた。状況は終了しつつあると見ていいだろう」

「……？　魔力変動が、収束……？」

「ああ、現場付近の魔力濃度が低下しはじめている。直《じき》に元の水準に戻るはずだ」

ふと、足を止めた。

魔力変動は数日にわたって引き起こされる現象だ。長ければ一週間、短くとも丸一日は持続する。そんな現象が、ほんの数時間程度で収束するだろうか？

かすかな違和感に直感がざわめく。

探索者としての経験が叫ぶ。この違和感を見落とすと、大変なことが起こるぞと。

「ありえません。いくらなんでも、早すぎる」

「なに？　どういうことだ？」

「もしかして……」

災害はまだ終わっていない。そう考えた時、真っ先に思いつく可能性が一つある。

魔力変動災害の先にある、極めて稀《まれ》な二次災害。

「魔力収斂《しゅうれん》……？」

小声でつぶやいたつもりだったけれど、私の言葉は、薄暗い坑道にやけに響いた。

：え、マジ？

：魔力収斂⁉

：おいおいおいおい収斂は洒落《しゃれ》にならんぞ
：ちょっと待って、こっちでも確認する
コメント欄がにわかに騒がしくなる。自分で言ったことだけど、私自身信じられない。

……いや、信じたくないというのが本当だ。もし本当に、そんな事象が発生しつつあるのなら、それはもうただ事では済まない。

「なんだと……？　白石くん、それは本当か？」

「可能性としては」

「すぐに確かめる。少し待て」

そう言って、オペレーターさんからの応答が途絶える。インカム越しに、何かがばたつくような音がしていた。

「白石さん……。今の、どういうことですか……？」

蒼灯すずは強張《こわば》った顔をしていた。おそらく、私も似たような顔をしているだろう。

「魔力濃度が、下がってるみたい」

「それは、魔力収斂の予兆でしょうか？」

「わからない、でも」

「……はい、可能性だけでも憂慮するには十分です。最悪を想定して動いたほうがよさそうですね」

蒼灯さんは私の言いたいことを察してくれた。この察しの良さ、こういう時は本当に助かる。

「あ、あの、先輩。なんなんすか、その魔力収斂って。これ以上やばいことが起きるんすか……？」

担架を運んでいた初心者の一人が、恐る恐る確認する。答えたのは蒼灯さんだ。

「魔力変動により噴出した大量の魔力が一箇所に収斂し、莫大《ばくだい》な魔力を宿した特異個体の魔物が発生します。それが、魔力収斂災害です」

「それって、どれくらいやばいんすか……？」

「迷宮で遭遇しうる最大級の脅威です。並の探索者がどうにかできる事象ではありません。あれは、まさしく天災です」

「マジっすか……」

：確認取れた、マジだ。マジで魔力濃度が下がってる

：もう収斂始まってねえかこれ

：ちょっと本気でやばいかも

：俺三層くらいなら潜れるけど、応援行こうか？

：絶対やめろ

：三層探索者じゃどうにもならない

魔力変動ならなんとかなる。だけど、魔力収斂は私でも洒落にならない。探索者としての判断を下すなら、一も二もなく撤退だ。

「脱出しよう」

「行きましょう。急いで」

私たちは可能な限りの速度で地上を目指した。安全確保なんていちいちやっていられない。一秒でも早く、ここから脱出しなければならない。

「白石くん！」

しかし、そんな私たちの努力をあざわらうかのように。

「魔力濃度が急激に低下した！　収斂が起こるぞ！」

目の前の空間に、黒い穴が開いた。

開けた交差路に差し掛かった時だった。私たちの前に突如として出現したその穴は、深淵《しんえん》を飲み込むかのように、ぐるぐると渦巻いていた。

「収斂点の反応を確認！　特異個体の、出現位置、は……」

凄《すさ》まじい魔力がほとばしる。

逃げなければならない。そんなことはわかっているはずなのに、放たれる濃密なプレッシャーに足がすくむ。

「嘘《うそ》だろ……」

そして、黒い穴から、黒い魔物があらわれた。

存外に小さな魔物だ。形状としては人間に近い。ファンシーなローブを身にまとい、箒《ほうき》らしきものに横かけに座っているそれは、まるで少女のようだった。

しかしそれに人間らしさなんてものはかけらもない。天辺《てっぺん》から爪先まで、髪も肌も服も、ベタ塗りの純黒がそれの体を彩《いろど》っている。

蠢《うごめ》く闇がそのまま這《は》い出てきたような純黒。

たまたま人の形をしているだけの、生きている悪夢。

「君の、目の前だ……！」

迷宮六層に生息する幻影種。忘れられた魔女・リリス。

深淵の暴威が、私たちの前にあらわれた。

突然で悪いが遊びは終わりだ

この迷宮は、今日のところ六層までの存在が確認されている。

潜れる層の深さは、そのまま探索者の実力を示す指標となる。一層探索者はまだまだ新米だが、二層に潜れるなら一人前。三層探索者ともなればベテランとみなされ、四層に辿《たど》り着けば一流だ。五層を探索できるのなら、迷宮探索の第一人者と言っていい。

しかし、六層探索者に与えられる指標はない。

六層から生きて帰ってきた人間なんて、まだ一人もいないからだ。

「…………っ」

私たちの目の前にいるそれは、紛《まが》うことなき深淵の魔物だ。

かつて、六層に足を踏み入れた探索者たちが遺《のこ》した映像に、これに似た魔物の存在が記録されていた。

迷宮六層にある未知の文明の遺跡を徘徊《はいかい》する、影のような魔物たちの一種。

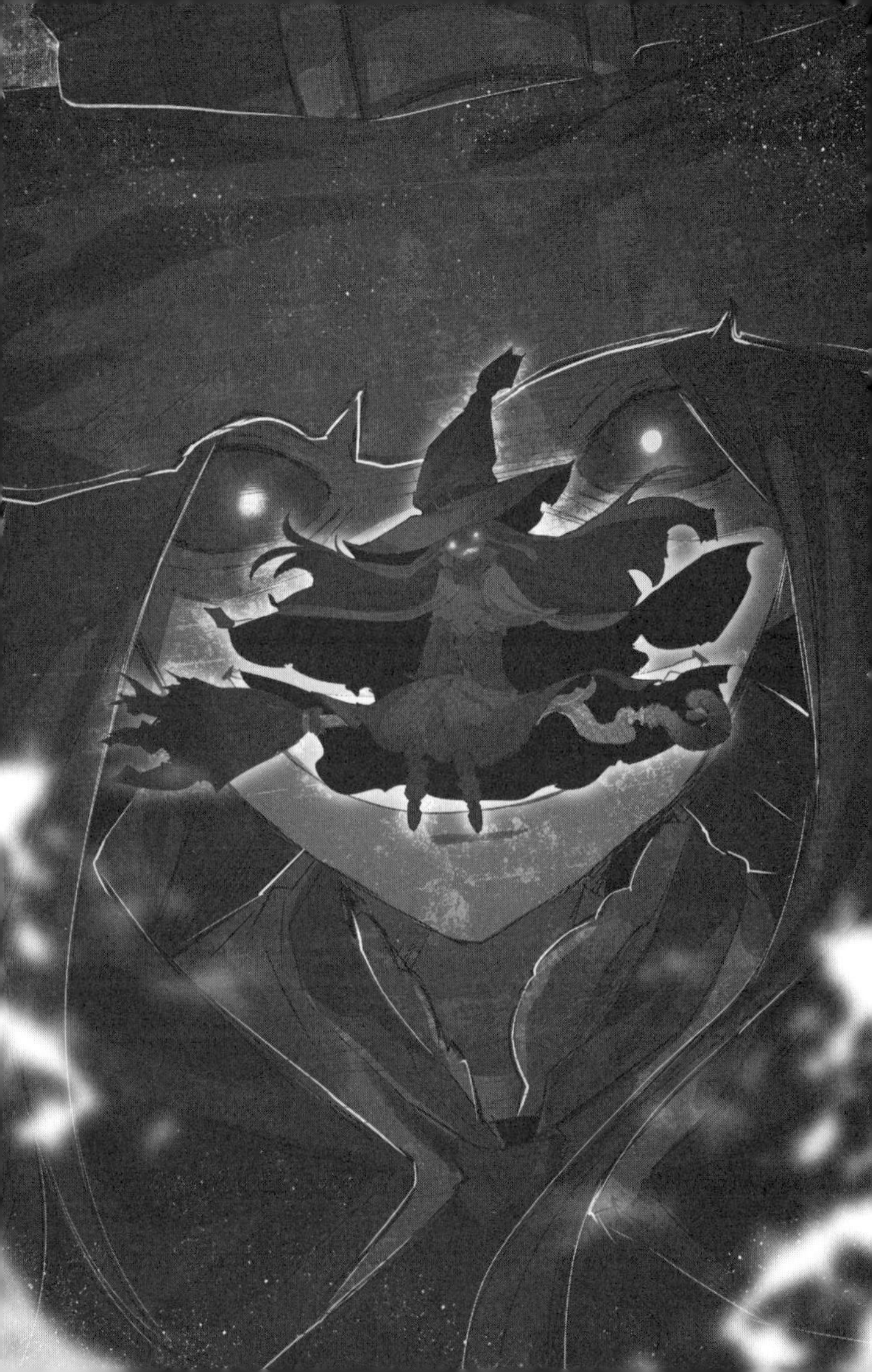

忘れられた魔女・リリス。

そう名付けられた魔物が、私の前に佇《たたず》んでいた。

「白石、さん……」

蒼灯《あおひ》すずが構えた剣は、切っ先が震えていた。

無理もない。こんな格上の魔物なんて、私だってそうそう見たことがない。蒼灯さんにとっては初めての経験だろう。

彼女を戦わせるわけにはいかない。蒼灯さんは三層探索者だ。深淵の魔物が相手では、きっと勝負にすらならないだろう。

こいつは、私が、やるしかない。

「逃げて」

「……っ」

「早く！」

これでも私は五層探索者だ。このレベルの魔物と斬りあった経験だって、なくはない。

それでも、勝つという選択肢は即座に棄却した。

あんな化け物、負傷者を庇《かば》いながらじゃ戦えない。こんな状態で勝てるほど、深淵の暴威は甘くない。

だから、やるべきことは一つだけ。

時間稼ぎだ。

：あれって六層の魔物だよな？

：忘れられた魔女リリス

：映像記録は？　弱点かなんかないのか？

：今漁《あさ》ってるけど、交戦記録が少なすぎる……！

：頼むお嬢、なんとか逃げてくれ

うちのリスナーは優秀だ。こうしている今も、可能な限りの情報を集めてくれている。もしかしたら、何か突破口を見つけてきてくれるかもしれない。

右手に剣を、左手にシリンダーを構えて、一歩前に出る。

リリスは動かない。強者としての余裕か、何か考えがあるのか、純黒の魔女は箒に腰掛けたままその場にふわふわと漂っている。

先手はくれるらしい。なら、遠慮なく。

風走りのシリンダーに魔力を通す。両足に旋風をまとって、爆《は》ぜるように飛び込んだ。

床、左手の壁、右手の壁、天井。順番に蹴ってジグザグに移動し、視線を振り切って背後に回る。

まずは挨拶代わりの一刀。

剣は、するりとリリスの首を通り抜けた。

歯を噛《か》む。手応えがない。振るった刃《やいば》はたしかに首を捉えたはずなのに、空を切った感触がした。

「……っ」

：え

：は？

：速すぎ

：なんだ今の、まったく見えなかった

：でも効いてないっぽいぞ？

：もしかして物理無効持ちか？

バックステップで距離を取りつつ、リスナーのコメントに目を通す。

物理無効。一部の魔物が有している、稀《まれ》な特質だ。

非実体系の魔物は存在している次元の位相が異なり、物理攻撃の一切が通用しない。魔物が持つ特質の中でも、際立《きわだ》って強力なものだ。

：物理無効持ちってどうすりゃいいの？

：魔法で殴るしかない
：攻撃用の魔法がなけりゃどうにもならんね
：なんやそれ
：交戦記録を確認した、物理無効持ちで確定だ
やっぱりか、面倒だな。
攻撃魔法なら、一応ある。私はポーチから二本目のシリンダーを引き抜いた。
：弱点属性は？
：火は有効、水も通るが火には劣る。雷属性は効きが悪いように見えた
：風はどうなん？
：わからん！
：わからんのかい
：記録にはその三属性しか映ってなかった
：そもそも風魔法ってマイナーだから……
だったら試せばいい。どのみち、私にはこれしか使えないんだから。
風研ぎのシリンダーを起動し、刃に烈風をまとう。これも攻撃魔法の一種だ。
準備を終えて攻め直そうとした時、リリスは私に指先を向ける。

次の瞬間、私の頭の数センチ隣を、蒼炎《そうえん》が突き抜けていった。

一拍遅れて、壁に激突した蒼炎は爆発を引き起こす。轟音《ごうおん》と共に、狭い坑道は激しく揺れた。

：うわうわうわ

：おいちょっと待て

：ノーモーションでそんな攻撃撃つヤツがいるか！

：そいつ、強力な魔法を使ってくるから気をつけて

：知ってる

：ちょっと遅かったな

：惜しいな、もう少しで有能リスナーになれたのに

まるで、光線のような魔法だった。

攻撃力もさることながら、特筆すべきは攻撃速度だ。こちらに指先を向けたと認識した次の瞬間には、すでに攻撃は終わっていた。

たったあれだけのモーションで、即死級の攻撃を放ってくるなんて。これだから、六層の魔物ってやつは怪物めいている。

リリスは口元に手を当ててくすくすと嗤《わら》う。おそらく今の攻撃、わざと外したのだろう。

：あいつ、遊んでやがる……

：化け物かよあの魔物
：頼むから逃げてくれ
それは無理だ。あいつの顔が言っている。逃がすつもりはない、と。

眼前に立ちふさがる絶対的な強者。肌で感じる死の恐怖。それでも私は前に出た。

再度飛び込んで距離を詰める。今度は真正面から、最速でまっすぐに突っ込んだ。

対してリリスは、ただ指を向けた。

指先から放たれる蒼炎。今度は当てるつもりらしく、炎は私めがけて飛んでくる。

レーザーのように照射されるそれを、ステップ一つで軸をずらしてすり抜けた。

光線の速度に反応することはできずとも、指の動きから予測はできる。これくらい避けられないようでは、五層探索者はやっていけない。

肉薄し、四撃。風をまとった刃はリリスの体を的確に切り裂いた。

さっぱりと、水面《みなも》でも切っているかのような淡い感触。さっきより手応えはあるけれど、命を削った実感はない。

：え、ちょっと、速いって
：なに今の、避けたの？　で、斬ったの？

：いちいちレベルが高い
：風魔法はどうなん？　結局効くんか？
：ちょっと待って、クリップ撮ったから検証する
検証するまでもない。私の手に残った実感が答えを示している。
こいつに、風魔法は通じない。
：スローで見たけど、火ほどの効果はなさそう
：まったく効いてないってわけじゃないみたいだけど
：雷よりちょっとマシってところか？
：そもそも風魔法って攻撃向きの性能じゃないし
：きっついな、これ
物理攻撃はまったく効かず、風魔法もあまり効かない。それ以外の属性魔法は、私には使えない。
有効打がまったくない。難しい相手だとはわかっていたが、その上相性も最悪だ。
「……くそっ」
汚い言葉が口をついて出る。時間稼ぎをするにしたって、こんな相手にどうすればいいんだ。

一つだけいい材料があるとすれば、ヤツがまだ本気じゃないということ。

戦う気があるのかないのか。箒《ほうき》に腰掛けてふよふよと漂い、純黒の顔でくすくすと嗤う。

そんな彼女の手には、桜の花びらのようなものが、こんもりと一山生み出されていた。

「……？」

突如として生み出された、蒼く光る桜の花びら。

リリスは手のひらにふーっと息を吹きかける。風に舞った蒼い桜が、ひらひらと宙に踊る。

それが何かはわからない。しかし、探索者としての直感が、最大級の危機を叫んでいた。

：なにあれ
：花びら？

：逃げろ
：雅《みやび》やねぇ
：逃げて
：来るぞ！

直感が叫ぶまま、私は即座に行動を取った。

風走りを使って宙を駆ける。この場から離脱しようとしていた、蒼灯さんと初心者たちの側《そば》に着地した。

「白石《しらいし》さん⁉」

「来るよ！」

ポーチから非常用のシリンダーを引き抜く。

シリンダーに魔力を通すのと、ひらひらと舞う花びらが床に落ちるのは、ほとんど同時だった。

そして、桜の花びらに封じられた蒼炎が、爆発的に解き放たれた。

炎は坑道の床を這《は》い、壁を昇り、天井をなぞる。蒼《あお》い炎が坑道のすべてを焼き尽くす。

一瞬にして、視界のすべてが蒼く染まった。

：⁉

：なにあれ⁉

：火桜《ひざくら》だ……

：最上位クラスの火属性魔法、火桜
：ほとんど観測記録のない魔法だぞ
：とんでもねえ貴重映像だ
：言ってる場合か！

迫りくる蒼炎は、私が展開した嵐の壁に阻《はば》まれた。
防護用風魔法、風巡り。自身を中心に暴風を展開し、敵の攻撃を防ぐ結界型の魔法だ。
私が持つシリンダーの中でも、切り札とも言える一本。よほどの緊急時にしか使わない魔法であり、私にできる最大限の防御手段でもある。
：風巡りでいけるか!?
：魔法としてのグレードだと、向こうのが格上だけど
：大丈夫、相性自体は悪くないはず
：炎魔法は推力が弱いから、風魔法なら比較的簡単に散らせる
その数秒は、永遠のように感じられた。
坑道を薙《な》ぐ蒼炎と、循環する嵐の防壁が拮抗《きっこう》する。押し寄せる炎は暴風に散らされ、巡る風は炎が生み出す気流に揺らされる。
大魔法同士の正面衝突。命と魔力のせめぎあい。
永遠にも思える数秒が過ぎ去って、炎と嵐は同時に消え去った。
：耐えたか……？
：いけたっぽい
：ナイスナイスナイス！

耐えはした、けれど。

「け、ほっ……」

体中のエネルギーを絞り出したような疲労感に包まれて、私はその場に膝をついた。

心臓がばくばくと高鳴る。熱に浮かされたように頭が熱い。その一方で、体の奥底はしんと冷え込んでいる。

たちの悪い風邪を引いたような倦怠《けんたい》感。体から、生命力そのものが欠け落ちたかのような寒気がした。

‥お嬢?

‥大丈夫か、これ
‥やばい、魔力欠乏症だ
‥そんなに使ったの!?

‥風巡りってめちゃくちゃ消費激しいから……

今の攻防で魔力の大部分を消費した。その代償が、これだ。

私の魔力はもう残り少ない。消費の軽い魔法ならまだ使えるけれど、風巡りの再使用は絶対に無理だ。

一方でリリスには余裕がある。今の魔法も全力ってわけではないのだろう。あの様子だと、まだまだ奥の手の一つは隠していそうだった。

こうなってしまっては逃げるしかない。探索者としては、それが正解だ。

……だけど。

「……逃げられる、わけ、ないよね」

助けが必要な人がいるのに、背を向けられるわけがない。

救助者になったからじゃない。立場なんて関係ない。この真紅の腕章がなくたって、私はそうする。

理由なんてものは、一つだけ。

そうしたいからだ。

：お嬢……

：まだやるんか
：魔力もないのに無理だって
：逃げてくれよ……

悪いね、リスナー。逃げられない時ってあるんだよ。

魔力はもうない。頭もくらくらする。この状況を覆《くつがえ》す妙案があるわけでもない。

それでもまだ、矜持《きょうじ》なら残っていた。

「……白石さん。相談があります」

立ち上がろうとすると、蒼灯《あおひ》さんが私の前に出た。

「私、悪運には自信があるんですよ。どんなに危ない目に遭ったとしても、なんだかんだ生きて帰れる。いつものことなんです」

蒼灯すずは、一本のシリンダーを手にリリスへと向かっていく。

「だから、ここは私に任せてもらえませんか？」

待て、何をするつもりだ。

あれは深淵《しんえん》の魔物だ。蒼灯さんが敵《かな》う相手じゃない。

止めないと。だけど、魔力が欠けてふらつく体は、言うことを聞いてくれなかった。

「白石さん。この命はあなたに救われました。その借り、ここでお返しいたします」

違う。

そんなつもりで助けたわけじゃない。そんなことをしてほしくて救ったわけじゃない。

「蒼灯、さん、まっ――」

無理をしてでも体を動かす。引き止めようと手を伸ばす。

蒼灯さんは、微笑《ほほえ》んで、私の体を突き飛ばした。

「どうか、私のことを信じてください」

そして、彼女の手に握られたシリンダーから青い輝きが放たれた。

氷晶が弾《はじ》け、雪華が舞う。氷柱と氷筍《ひょうじゅん》が無数に生まれ、焼け焦げた坑道を氷床が覆い尽くす。

氷属性魔法、氷結城。自身を中心に大量の氷を生成し、戦場を塗り替える大魔法。

生み出された分厚い氷の壁は、私と蒼灯すずの間を強固に阻んだ。

「あの、バカ……っ」

そんな言葉も、氷の壁に阻まれて。

彼女とリリスは、共に氷の向こうへと閉じ込められた。

私たちの救助作戦

ようやく動くようになった体を引き起こして、よろよろと氷の壁にとりついた。

叩《たた》く。何度も。ありったけの力を込めて。

しかし、壁はびくともしない。

：お嬢……

：蒼灯さんマジか

……足止めする気かあの子……

……三層探索者じゃ無理だろ

……死ぬ気かよ

……やめろって誰にも死んでほしくねえよ

分厚い氷壁の向こうでは、今も断続的な戦闘音が響いている。

考えろ。どうすればいい。どうすれば、蒼灯すずを助けられる。

「白石くん」

体は動くようになったけれど、魔力は乏しい。魔法はろくに使えない。探索者の身体能力でも、魔法の氷は砕けない。

今すぐこの氷を叩き割るにはどうすればいい。なんだっていい。何か、手段はないか。

いや、それよりも、今は——。

「白石くん！」

耳につけたインカムが、やけにうるさい音を立てた。

「白石くん、ここは一度撤退するんだ。今は——」

「わかってます」

……言われるまでもない。

答えなんてとっくに出ている。私がやるべきことなんて、一つしかない。

「救助が優先、ですよね」

振り返れば、担架に乗せられた要救助者がそこにいた。

彼らをこの場に置いていくことはできない。それが蒼灯すずを見殺しにするという選択だったとしても、私にはこうするしかなかった。

「あ、あの、先輩」

「ここを脱出する。来て」

「でも、蒼灯先輩が……」

「わかってる」

有無を言わせず急ぎ足で先へ進む。初心者たちも、迷いながら私の後をついてきた。

出会う魔物は容赦なく殺し、残り少ない魔力で風走りを使いながら走り抜ける。

何も考えない。ただ、手と足を動かすことだけに集中する。助けられる命を助けるのが、今私にできる最善だ。

：いそげいそげいそげ
：どうなん？　まだ間に合う？

：二窓してるけど、蒼灯さんめちゃくちゃ頑張ってる……リリス相手にどこまで持つか……

走って、走って、走り続けて。やがて私たちは、坑道を抜けて地底湖まで辿《たど》り着いた。

このあたりは魔力変動や魔力収斂《しゅうれん》の影響を受けていない。魔物の数も少なく、一層でも比較的安全な地帯だ。

ここまで来ればもう一息。後はもう、地上まで走り抜けるだけだ。

「先輩……。俺、ここで大丈夫っす……」

ふと、担架の上で苦しそうにしている少年が、そんなことを言い出した。

「先輩は行ってください……。ここまで来たら、自力で帰れるんで……」

「ダメ。危険すぎる」

「そりゃ危険っすよ。でも、蒼灯先輩のほうがやばいじゃないっすか……」

冗談を言っている顔ではなかった。

明確な意志を持って、彼は真正面から主張する。

「俺、こんな風に下手こいて人様に迷惑をかけるような、とんでもねえクソ雑魚《ざこ》っすけど……。助けてくれた人を見殺しにするようなクズにはなれません……。そんなことしたら、母ちゃんにぶっ殺されます」

火のついた顔だった。

自分だって相当苦しいだろうに、目には強い輝きがある。理想も情熱も捨てていない少年の顔だ。

きっと彼は、この瞬間に魂を賭けることにしたのだろう。蒼灯すずがそうしたように。

その覚悟は買ってあげたいけれど。

「ダメ」

それでも私は、その覚悟を否定しなければいけなかった。

覚悟だけじゃなんにもならない。命をチップに理想を得るには、もう少しだけ計算ってやつが必要だ。

「自力での撤退は、ダメ。君たちだけで、帰すわけには、いかない」

：それはそうだけど
：初心者だけじゃさすがにね
：でも、それだと蒼灯さんが……

初心者だけでの行動は認められない。そんなことをして、何かあったら元も子もない。

無闇に動き回るのではなく、その場で待機して救助を待つ。それがこの状況での正解だ。

「でも、先輩……！」

「リスナー」

振り向いて、カメラに呼びかけた。
奥の手だ。普段の私なら絶対にやらないことだけど、今はなりふりかまっていられない。
「お願い。誰か、ここに来てほしい。この子たちを、回収してあげて」
：お嬢……！
：任せろすぐに行く
：お嬢が！　お嬢が俺らを頼ったぞ！
：やるしかねえだろリスナーならよぉ！
「最初からずっと、頼りにしてる。だからお願い」
：うおおおおおおおおおおおおおおおお
：行くぞお前らああああああああああああ
：戦じゃあああああああああああああああ
：あの、数人でいいのでは？
：一層だぞ、何人行く気だよ
こんな私が配信者を続けてこられたのは彼らのおかげだ。頼りにしているという言葉に嘘《うそ》はない。
余計なことを言ったり、妙に過保護だったり、変ないじりをしてきたりもするけれど、うちのリスナーは優秀だ。彼らならきっとなんとかしてくれる。

「君たちは、ここで待機。すぐに助けが来るから、もう少しだけ、がんばって」

「……！　了解です！」

「最後まで、面倒見れなくて、ごめんね」

「とんでもないです！　マジありがとうございました！」

彼らはこれでいい。私は私のことをやろう。

私には、もう一人助けなければいけない人がいる。

「……白石《しらいし》くん」

インカム越しに、苦々しい声が届いた。

「聞け、白石くん。君も撤退するんだ」

「……？　どういう、意味ですか？」

「黒鉄《くろがね》坑道に戻ることは許可できない。現場の安全が確保されるまで、救助作戦は一時中断とする」

その瞬間、頭がじんと熱くなった。

言っていることはわかる。だけど、理解ができない。

「それは、蒼灯すずを、見捨てろという意味ですか」

私にしては冷たい声が出た。

腹の底からふつふつとした怒りが湧き上がる。人と関わらないようになって、ここしばらく感じたことのない感情だった。

「ああ、そうだ」

オペレーターさんは、断固とした口調で応じた。

私が怒っていることはわかっているらしい。その上で、彼は主張を曲げない。

……え？

……なになに？

……なんか揉《も》めた？

配信に載っているのは私の声だけだ。インカムから聞こえてくる声は、リスナーたちには届かない。

「救助隊の安全を確保できない以上、作戦を続けるわけにはいかない。今の君が向かったところで被災者を増やすだけだ」

「危ない場所に行くのが、私の仕事です」

「違う、そこまでやれとは言ってない。まずは自分の安全を優先しろ」

「余計なお世話です」

「白石くん。これは救助者としての鉄則だ。君に責任はない」

「関係ない」

安全だとか、責任だとか、そんな話をしたいんじゃない。

私は、どうすれば彼女を助けられるかっていう話をしているんだ。

「私は、助けが必要な人を、見捨てるために、組織に所属したわけでは、ありません」

「聞け！　助けるにしても今は無理だ！」

「今ですよ。今、助けなきゃ、いけないいんです」

日療の理念には共感している。こういった仕事をすることは私にとっても本望だ。

だけど、組織に所属したことで救えない命があるのなら、私はこの仕事を受けるべきではなかった。

日療に所属したからって、私は私だ。

私は人を助けたい。それを曲げるつもりなんて、これっぽっちもなかった。

「必ず助けます。信じてください」

言うのと同時に、不思議と腑《ふ》に落ちた。

蒼灯《あおひ》さんがどんな気持ちであんなことをしたのか、今ならわかる気がする。

勝算ならある。だけど、どうなるかはわからない。リスクを承知で意地を貫くには、もう信じるしかない。

私は私を信じている。私なら、きっとできるはずだから。

「本気で、やるつもりか」

「はい。必要なら、一人でも」

「……ったく」

オペレーターさんは深くため息をつく。

「そういうところは頑固なんだな、君は」

少しだけ、インカム越しに伝わる気配が、柔らかくなったような気がした。

「白石くん。俺の声を配信上に載せられるか」

「……？　どうするつもりですか？」

「大人には大人の仕事があるんだよ」

……なんか今、子ども扱いされたような。

言われた通り、インカムの音声を配信に載せる。何を言うつもりかは知らないけれど。

「聞こえるか。日本赤療字社、オペレーターの真堂司《しんどうつかさ》だ。白石くんに頼んで、この声を配信に載せてもらっている」

：オペさん？

：男の人だ
：いつもお嬢がお世話になってます
：なんかお嬢と喧嘩《けんか》してた？
オペレーターさん——真堂さんは、よどみなく話し始めた。
「時間がない、手短にいこう。本救助作戦についてだが、現時刻をもって一時中断とする。救助隊の安全が確保できない以上、作戦の続行は認められない。以後の救助活動は、魔力収斂災害の収束を待って再開する予定だ」
：は？
：おいマジで言ってんのか
：蒼灯さん見捨てるってこと？
：いや言ってることはわかるけど
：そりゃお嬢も怒るわ
「……あの」
「というのが、日本赤療字社としての判断であることを、先に言っておく」
真堂さんは私の抗議を無視して続けた。
「ここから先は高度な現場判断だ。以後の作戦指揮は日本赤療字社の指針を逸脱するものであり、当作戦において生じたいかなる責任も、この真堂司が負うものとする」

：え？

：どういうこと？

：もしかしてそういうことっすかこれ

：うわー、腹くくったな

：マジかよ、やるじゃん真堂さん

え、なに？　どういうこと？

リスナーたちは察したようだったけど、私はピンと来ない。

ただ、真堂さんが頭ごなしに否定しようとしているわけではないということは、なんとなく伝わった。

「白石くん」

「はい」

「どうしても行くんだな」

「行きます」

「一つだけ約束しろ。絶対に死ぬな。できるか？」

「できます」

「行って来い」

：背負う気かこの人……！

：出た！　一生に一度は言ってみたいセリフ！

：責任は俺がとる！　責任は俺がとるじゃないですか！

：実際にやると後でめちゃくちゃ問題になるんだよな
：真堂さん、あんた男だよ……

……ああ、そういうこと。なるほど、たしかにそれは大人の仕事だ。

私は剣を振ることはできる。魔法を使うことはできる。人を助けに行くことは、できる。

それでも私はただの現場担当だ。すべての責任をとることは、できない。

「真堂さん」

「なんだ」

「ちょっとかっこいいですよ」

「いいから、さっさと行け」

きっと今、私はたくさんのものを託された。

蒼灯すずの命も。少年の覚悟も。リスナーたちの協力も。真堂さんの責任も。私の意地も。折り重なったそれらがどこに行き着くかは、何もかもこれからにかかっている。

なんで誰もがこんなに必死になっているのだろう。

その疑問は、考えるまでもなく答えが出た。

誰だって、最高の明日が見たいからだ。

蒼灯すずの迷宮配信

今日はまったり一層予定

痛む体を引きずって、蒼灯すずは逃げ続ける。

息を切らして狭い坑道をひた走る。時々後ろから飛んでくる蒼炎《そうえん》が体をかすめるたびに、命を削られるような思いがした。

「……っ！　氷結壁！」

シリンダーに魔力を通し、真後ろに氷の壁を展開する。坑道を分断するように作られた氷壁は、蒼灯と追跡者の間を強固に分かつ。

——しかし。氷壁に激突した蒼炎が、氷壁を即座に吹き飛ばした。

「うくっ……！」

氷壁越しに伝わった爆風に吹き飛ばされ、蒼灯は坑道に転がされた。

あちこちぶつけて、また生傷がいくつも増える。一つ一つの傷は大したことないが、痛みと出血はじわじわと蒼灯の体力を奪っていた。

：時間稼ぎにもならない……

：無理だよもう

：死なないであおひー！

：誰か助けに行けないの？

痛む体に鞭打って、気力を振り絞って立ち上がる。

足を止めるわけにはいかない。立ち止まれば本当に終わってしまう。

（まったく、なんて一日ですか……！）

配信タイトル通り、今日はまったりやるはずだったのに、気づけば生きるか死ぬかの死線を彷徨《さまよ》っている。

つくづく自分は運がない。ついこの前死にそうな目に遭ったばかりなのに、二度も続けてこんな目に遭うなんて。

：本当にあおひー死んじゃうの？

：推しが死ぬとこなんて見たくないよ俺

：ごめん無理見てらんない

：だから今日は大人しくしとけって言ったじゃん

「大丈夫」

悲観的な空気を振り払うように、意識して明るい声を出す。

こんなに運がないなんて、もしかしたら探索者には向いていないのかもしれない。

それでも、配信に向いていないと思ったことは一度もなかった。

「私、持ってますから。きっと今回も大丈夫です」

迷宮配信とはエンターテイメントだ。

悲劇なんていらない。惨事なんて必要ない。笑えない画《え》なんて、一秒だって見せてはいけない。

カメラを回している以上、蒼灯すずは配信者だ。

自由に、気ままに、そして時には大胆に、愉快な生き様を見せつける。それが配信者としてのプライドだった。

「実はですね、秘策があるんですよ。それさえ決まれば大逆転。聞きたくないですか？」

：いやそんなこと言われても

：なんか考えがあるの？

：なんでもいいから生き延びてくれ

「名付けて、隕石《いんせき》が降ってきて何もかも吹っ飛ばす大作戦」

：草

：笑わせんのやめーや

：言ってる場合か！

「あ、でも、坑道で隕石は無理があるかも……。なら、間欠泉とか？」

：違う、そうじゃない

：そこのディテールは求めてないんだわ

：いいから逃げろってｗ

現在の同接は四万人。一万近い視聴者を安定して集められる彼女でも、そうそう見たことのない数字だ。

生きるか死ぬかの瀬戸際《せとぎわ》に加えて、普段の数倍の視聴者に見られているプレッシャー。

上等だ。一世一代の大舞台で踊れなければ、配信者は名乗れない。

培《つちか》ってきた配信者マインドが、蒼灯《あおひ》の体に力をくれた。

「はいはーい。じゃ、鬼ごっこ続けますよ！」

蒼灯はけらけらと笑いながら逃避行を続ける。

配信者の資質とはなんだって楽しむことだ。まずは自分が楽しまなければ、リスナーだって楽しんでくれない。
演技も虚勢もリスナーには通じない。顔に浮かぶのは心からの笑み。死線を楽しむという壮大な矛盾を成し遂げたのは、ひとえにプロ根性の為《な》せる業だった。
「へへへ……。これ、生きて帰ったら私伝説じゃないっすか。相手、六層の魔物ですよ？深淵《しんえん》の魔物を相手にこれだけ生き残れる私、やはり天才だったか……！」
：やかましいわ！
：まず生きて帰ってこい
：伝説ならいくらでも語り継いでやるから生きてくれ
：この状況でそんだけ言えるのは天才だよ
「自伝とか書いちゃおっかなー。あ、でも私文才ないんだった。誰かゴーストライターやりません？」
：だーかーらー！
：攻撃来てるって！　避《よ》けて避けて！
：あおひーってどんな状況でもあおひーなんだな
：すまん、なんか笑っちゃった
：心配すればいいのか笑えばいいのか

すっかりハイになりながら、蒼灯すずはひた走る。

迫りくる追跡者から、逃げて、逃げて、逃げ続けて。やがて蒼灯は、黒鉄《くろがね》坑道の終点に辿《たど》り着いた。

：ボス部屋だ……

：行き止まりじゃん
：ボスいないね
：今は魔力収斂《しゅうれん》中だから
辿り着いたのは円形に作られた大部屋。探索者たちの間で、俗にボス部屋と呼ばれている一室だ。

戦いやすい広いフィールドは、決戦を演じるにはうってつけの場所であり、逃げ場のない行き止まりでもある。

平時であればボス格の魔物が根城にしているこの場所だが、今はボスの姿はない。特異個体という暴威が迷宮に顕現している今、どこかに隠れているのだろう。

蒼灯は大部屋の中央で立ち止まる。振り向けば、ちょうど純黒の魔女が部屋に入ってきたところだった。

箒《ほうき》に腰掛けた魔女は、ふよふよと楽しげに浮きながらくすくすと嗤《わら》う。捕まえた、と、そんな声が聞こえるかのようだった。

「さあて、隕石はまだですかね……」

逃げることを諦めて、蒼灯すずは剣を抜く。

海のように蒼《あお》く優美な両手剣。魔法よりも剣を主体とする蒼灯にとって、何よりも信頼している愛剣だ。

：やるんか……

：もうやるしかない！

：勝てるの？

：隕石こいこいこいこい！

不安半分、応援半分のコメント欄。蒼灯の心境もそんな感じだ。

相手は深淵の魔物だ。間違っても蒼灯が勝てる相手ではない。それを考えると、さすがの蒼灯も足が震えそうになる。

そんな自分を奮い立たせるためにも、蒼灯は強く笑った。

「大丈夫。星は降りますよ。とびっきりの、一番星が」

人事を尽くした先にあるのは天命だ。だからもう、信じるしかない。

そして、蹂躙《じゅうりん》が始まった。

リリスがふわりと宙を舞うと、蒼炎が四方八方に乱れ飛ぶ。その一撃一撃が必殺だ。直撃はおろか、かすめるだけでも楽に死ねる。

戦場めいた爆撃の中、蒼灯すずがまだ生きていられるのは、この期《ご》に及んでリリスが手を抜いているからだ。

魔女の顔にあるのは嗜虐《しぎゃく》心。アリの足を一本ずつ外すように、いたぶるように力を振るう。

（これ、結構ムカつきますね……！）

こうもあからさまに手加減されると腹が立つ。何としても一矢《いっし》報いてやらなければ気が済まない。

幸いなことに、どう動けばいいかは知っていた。手本があったからだ。

思い起こすのは彼女の姿。白衣をはためかせ、風のように戦場を駆けるあの少女は、六層の魔物を相手に一歩も引かずに戦っていた。

その影を少しでも踏むことができれば、一太刀くらいは浴びせられるかもしれない。

軽さと速さにすべてをかけた神速の歩法。踏み込みは風のように、振るう刃《やいば》は嵐のように。

「氷結盾――！」

シリンダーに魔力を通す。発動したのは、周囲に氷の盾を生成する防御魔法だ。

氷盾で身を守り、爆炎を突き抜ける。一気に距離を詰めて、蒼灯は大きく剣を振りかぶった。

「獲《と》った——⁉」

振り抜いた剣は、すっと、リリスの首筋をすり抜けた。

手応えがない。まるで、霞《かすみ》でも切り裂いたかのようだった。

：入った！

：あれ？

：え、すり抜けた？

：ちゃんと当たったよな？

蒼灯すずは三層探索者だ。探索者としては一人前だが、深層に巣食う怪物たちと渡り合った経験はあまりにも少ない。

だから彼女は知らなかった。

：だからリリスは物理無効持ちだって！

：なにそれ？

：魔法しか効かないの！　物理は通らない！

：は？

：なんだよそれズルすぎだろ
「はは……。なんですか、それ……」

さすがの蒼灯も乾いた笑みがこぼれる。

蒼灯が持っているシリンダーは、氷結城の一本だけ。魔力を通す量を調節することで、氷結盾や氷結壁といった亜種に派生させることはできるが、基本的にこの魔法は防御用だ。

攻撃用の魔法は蒼灯すずの手札にない。万に一つの勝ち目もないことを悟って、蒼灯はただ笑うしかなかった。

愉快そうにリリスは嗤う。いい夢は見られたかと。

その手には、蒼い桜の花びらが生み出されていた。

：さっきの魔法だ！

：やばいやばいやばいやばい
：逃げてえええええええええええ
火属性最上位魔法、火桜《ひざくら》。蒼い桜から獄炎を解き放ち、すべてを焼き尽くす大魔法。

あの白衣の少女をもってして防ぐしかなかった魔法だ。その脅威はつい先ほど目にしたばかりだった。

「氷結、城──！」

唯一の防御手段であるシリンダーに、渾身《こんしん》の魔力を通そうとする。

しかし。氷の壁が生み出されることはなく、ひんやりとした空気が周囲に立ち込めるに留《とど》まった。

「ぐっ……！」

強い悪寒《おかん》に苛《さいな》まれて、蒼灯すずはその場にうずくまる。

魔力切れだ。限界を超えた逃避行と攻防は、蒼灯の体からすべての魔力を奪い去ってしまっていた。

……あおひー！

……魔法！　魔法使って！

……もしかして魔力切れた⁉

……あああああああああああああ
……逃げてええええええええええ
もう魔法は使えない。立ち上がって逃げるだけの余力もない。

蒼灯すずにできるのは、迫りくる死を受け入れることだけだ。

それでも。

「──大丈夫」

蒼灯《あおひ》は、最後の一瞬まで笑い続けた。

「来ましたよ。私の、お星さまが」

火桜が爆《は》ぜる。解き放たれた蒼炎《そうえん》が、あらゆるものを薙《な》いでいく。

その炎が蒼灯の身に届く寸前、一陣の風が吹き込んで、蒼炎を嵐の防壁が抱きとめた。

炎と風のせめぎあい。大魔法同士の正面衝突。その光景は、先ほども目にしたもので。

「怪我《けが》は？」

いつの間にか、蒼灯すずの眼前に、少女の背中があった。

小柄でかわいらしい女の子だった。短く揃《そろ》えられた焦げ茶色の髪は風に揺れ、瞳は紅玉のように透き通っている。一見して地味な印象を受けるが、まとう雰囲気は強者のそれだ。

「もうちょっと、ゆっくり来てもよかったんですよ」

蒼灯の返事に、安心したように少女は頷《うなず》く。

彼女が持つシリンダーが輝いて、風が強く吹き荒れる。激しさを増した嵐は蒼炎を押し返し、壁に叩《たた》きつけるように蹴散らした。

「休んでて。すぐ、終わらせるから」

蒼灯すずが待ちわびた逆転の一手。光り輝く、とびっきりの一番星。

日療の白石《しらいし》さんは、刃をその手に一歩前へと踏み出した。

風よ吹け、嵐よ雲を薙ぎ払え

おしごと

：間に合ったああああああああああああ！
：蒼灯さん生きとるやんけ！
：セーフ！　セーフです！
：蒼灯さんよく頑張ったよ本当に
：やばい、泣きそうになってきた
：後はお嬢に任せとけよな

コメント欄は大盛り上がりだった。

まだ最低条件をクリアしただけなのにこの盛り上がり。楽しそうなやつらだ。

当事者でもない彼らが何をそんなに一喜一憂しているのか、相変わらず私にはよくわからないけれど、見ていて気分は悪くない。

楽しそうな人を見ているのは、楽しい。

もしかするとそれは、配信の本質ってやつなのかもしれなかった。

：お嬢？
：ちょっと笑ってる？
：お嬢も喜んでます
：間に合ってよかったね、お嬢

……うん。本当によかった。
さて、ここから先は私次第だ。
みんなの想《おも》いを全部繋《つな》いでここに来た。あとは私がどれだけ踊れるかにかかっている。
自信は、ある。勝算もある。
私だって、無策でここに来たわけじゃない。

：あとはもう勝つだけだな
：やったれお嬢！
：でも、実際問題どうやって倒すんだ？
：お嬢なら大丈夫だよ
：お嬢は負けない
：根拠は……？

：根拠がなくても信じるのがリスナーってもんよ
そんなわけで。まずは手始めに、静脈に注射器をぶっ刺した。

透き通る青い液体が血管に消えていく。熱を帯びた頭がすうっと冷えて、脳みそがぱきぱきっと覚醒するような感覚に包まれる。

この注射はマナアンプル。体から失われた魔力を充填するおクスリだ。

「……白石くん。言っておくが、それで二本目だからな」

「わかってます」

インカム越しに真堂《しんどう》さんが苦言を呈す。言われなくとも、わかっていた。

このクスリには強い依存性がある。決してみだりに使っていいものではない。

それでも、今だけはこのクスリの力が必要だった。

：まーたマナアンプル使ってる……

：あれめちゃくちゃ体に悪いのに
：大丈夫かよ
：これ勝っても魔力中毒コースじゃない？

どうでもいい。後先なんて考えていられるか。

相手は深淵《しんえん》の魔物だ。出し惜しみをして勝てる相手じゃない。たとえ魔力中毒になろうと、今は本気の本気を出さなきゃいけない。

フル充電された魔力で風研ぎを発動し、剣に風をまとう。

長々と時間をかけるつもりはない。宣言通り、すぐに終わらせるつもりだ。

ふよふよと漂うリリスと視線が交差する。純黒の顔は、愉《たの》しそうに歪《ゆが》んでいた。

さて。

やろうか。

：え
：は？

：消えた？

：はっっっっっっっっっっや
始まったのは神速の攻防だ。

風が舞い、炎が散る。剣撃と魔法が乱れ飛ぶ。

五層探索者と深淵の魔物。人間と怪物の殺し合いは、余人の認知を振り切る領域で形成された。

：おい速すぎるが
：あまりにもレベルが違う

：これがお嬢の本気か……
：強い強いとは思ってたけどここまでとは
：スローで見ないと何やってるかわかんねぇ
相変わらず私の攻撃は効きが悪い。風研ぎを使ってなお、煙でも斬っているかのような感覚だ。
それがどうした。一刀で狩れないなら、百でも千でも重ねればいい。
簡単に死なない相手なら、死ぬまで殺せばいいだけだ。
：お嬢すごいけど相手もやばい
：六層の魔物ってソロで倒せるものなの……？
：パーティでの討伐記録ならあるけど、ソロはないね
：ならこれが世界初か
：やったなお嬢、世界記録は目前だぞ
：ポジティブすぎでしょ
：配信者が負ける可能性は一ミリも考慮しないリスナーの鑑《かがみ》
避《よ》けて、斬って、逸《そ》らして斬る。踊るように斬り続ける。
高速の戦闘の中で、リリスの動きから遊びが消える。箒《ほうき》にまたがって超高速で飛び回る

純黒の魔女は、四方八方に蒼炎を叩きつけた。
怪物としての本領を発揮するような、圧倒的な火力投射。それらの攻撃を風走りの加速ですり抜けて、風研ぎを乗せた刃《やいば》を首筋に入れる。
死ぬか、殺すか。目まぐるしく攻防を入れ替えながら、私たちは命と命を削り合った。
：ってか、同接すごくね……？
：なんかすっげえ伸びてるね
：ＳＮＳのトレンドに載ってたよ
：マジ？
：六層の魔物相手にタイマンしてるって聞いて来たけど
：レベル高すぎてコメントできない
風研ぎのシリンダーに魔力を込める。剣にまとわりつく旋風が、更にその勢いを増す。
編み込まれた魔力が、巨大な風刃を作り出す。激しい風の音をかき鳴らしながら、大きな鞘《さや》のように剣を包むそれを、思い切り振り抜いて投げ放った。
：わぁ
：すっご
：飛ぶ斬撃だぁ

：なにあれ、どうやってんの？

：あれは風断ちやね

：風研ぎの応用技

：高密度の魔力で風の刃を形成して射出する、風属性屈指の高火力魔法

風断ちはリリスの首を正確に撃ち抜いた。

いくら風魔法の効果が薄いと言ってもまったく効かないわけじゃない。風刃に急所を撃ち抜かれたリリスは苦しそうによろめいた。

さすがにこれは効くらしい。なら、もっとだ。

：!?

：おいおいおいおいちょっと待て

：風刃何個作る気だよ

シリンダーに大量の魔力を供給すると、一つ、また一つと風の刃が作られていく。

宙を漂ういくつもの風刃、数にして六枚。くるくると風に舞うブレードたちは、高速で回転して渦となり、リリスの体をずたずたに引き裂いた。

：風車だあああああああああ

：うわ珍しいい、いつぶりだよ

：あの、なんですかそれって
：これも風研ぎの応用技
：たくさんの風刃をぐるぐる回して相手を引き裂く大技だよ
：すげえなこの配信者……

：なんでこんな人が埋もれてたんだ……？

「はっ……、はっ……」

苛烈な攻めを続けながらも、息が荒くなっていく。

魔力の消耗が激しい。このペースで攻め続けていたら長くは持たない。

足りないなら、足せばいい。私はポーチから三本目のマナアンプルを取り出した。

「おいバカ！　やめろ、何をする気だ！」

真堂さんの制止を無視して、青い薬剤を体に打つ。

失われていた魔力が体に満ちていく。さすがに三本目ともなると効きが悪いが、いくらかの魔力は回復した。

：打ちすぎだってお嬢！

：マナアンプルってあんなに何本も使っていいものなの？

：ダメに決まってんだろ

「劇薬やぞ」

「いくらなんでも限界すぎる」

それでも、今はどうしても勝たなきゃいけない。

いつしかリリスの顔からは、完全に余裕がなくなっていた。黒い顔は怒りに歪み、隆起した魔力が大気を震わせる。

予感があった。凄《すさ》まじいのが来る、という予感が。

リリスは片手を空に掲げる。その手のひらから、無数の蒼い桜の花びらが生み出された。

手のひらに一山なんて数ではない。数百枚、あるいは数千枚の花びらが、はらはらと舞って空間を蒼く染め上げた。

「いやいやいやいやいや」

「それはさすがに無理だって！」

「もしかして怒らせた？」

「おいバカ何枚出てくるんだ」

「あの花びらの全部が火桜《ひざくら》っていうんじゃないだろうな!?」

違いない。あれらはすべて火桜だ。

莫大《ばくだい》な魔力が籠められた爆炎の魔法は、焼け付くような熱量を放ちながらひらひらと舞う。魔力酔いしそうなほど高密度の魔力に、たしかな死の香りを感じた。

：あれはなんて魔法？

：わからない
：火桜の応用技なんだろうけど、これだけの規模になると別名がついていい気がする
：リリスとの交戦記録にも、あんな魔法は記録されてなかった
：もしかして史上初の観測かこれ
：新種の、魔法……

なんだっていいさ。記録があろうとなかろうと、やるべきことは変わらない。

対処できなければ私は死ぬ。大切なのは、それだけだ。

「白石《しらいし》、さん……！」

部屋の片隅で座り込んでいた蒼灯《あおひ》さんが、懸命に声をあげた。

「もういいです！　逃げてください！　せめて、あなただけでも……！」

この期《ご》に及んで、蒼灯すずはそんなことを言う。

そんなことできるわけがないじゃないか。要救助者を見捨てて、自分一人で逃げ出すなんて。

救助者としての信念が、探索者としての自負が、何よりも私の矜持《きょうじ》が、その選択を許

さない。

「大丈夫。座って、休んでて」

「だけど……！」

「私のこと、信じてよ」

蒼灯さんを守るように前に立つ。

先に信頼を持ち出したのは向こうだ。私は蒼灯さんの無事を信じてここに来た。だったら、彼女だって私を信じてもらわないと。

「それに」

左手のシリンダーを交換する。

舞い散る桜の花びらから漂う、絶対的な死の気配。

美しく、強力な魔法だ。しかしあの魔法には明確な欠点がある。

速さが足りない。

「待ってたんだ、その技を」

ここだ。この一瞬が、唯一の勝ち筋だ。

左手に握る風起こしのシリンダーに、ありったけの魔力を通す。生み出されたのは逆巻く風。円形のフィールドを駆け巡る烈風は、舞い散る桜をかすめ取った。

風に踊る花びらはふわふわと漂い、その一枚として接地しない。循環する風の中で、いつまでも、いつまでも舞い続ける。

それはまるで、桜吹雪のように美しく。

：敵の魔法の制御を奪い取った⁉

：風魔法ってそんなことできんの⁉

：いやいや見たことねえし聞いたこともねえよ

：もしかしてだけど、俺ら今すごいもの見てない？

：綺麗《きれい》だね

：雅《みやび》やなぁ

：今日はお花見日和ですね

：和んでる場合ちゃうぞお前ら

火桜の発動条件は何かに触れること。逆に言えば、地面や壁に触れさえしなければ、あの花びらは脅威にならない。

発動までのタイムラグは致命的な弱点だ。花びらが地面に落ちるまでにかすめ取ってしまえば、あの魔法は封じられる。

遅すぎるのだ、あの技は。どんなに強力な魔法だったとしても、発動前に制御を奪い取られているようでは意味がない。

「やるよ」

そして、もう一つポイントがある。

リリスの弱点は火属性。

「ふっとべ」

風の流れを操作して、舞い散る花びらをリリスに向けて吹き付けた。

リリスの体に蒼《あお》い花びらが触れるたび、蒼炎《そうえん》が激しく噴き上がる。一枚、また一枚と火桜が爆《は》ぜて、黒い体を焼き尽くす。

蒼い炎が魔女を焼く。火炙《ひあぶ》りにされた純黒の魔女は、悲痛な絶叫をあげていた。

……いっけえええええええええええええ
……うおおおおおおおおおおおおお！

……ぶっ飛ばせえええええええええええええええええええ
……勝つんか⁉　マジで勝つんか⁉

……これは蒼灯さんの分！　そしてこれは蒼灯さんの分！

……そしてこれは、蒼灯さんの分だあああああああああああ
蒼炎、煌々《こうこう》と輝いて、灼熱《しゃくねつ》は魔女を焼き焦がす。烈火は激しく荒れ狂い、悲鳴すらも

焼き尽くす。

桜花《おうか》は爛漫《らんまん》と燃え盛り、蒼炎は風と共に凪《な》いでいく。やがて炎が消えた後も、ちらちらと青い粒子が舞い散り、強く熱された空気がゆらぎを生んでいた。

地面に大きく刻まれた焦げ跡は魔法の苛烈さを物語る。

その中心では、焼け焦げた純黒の魔女が力なく横たわっていた。

配信力：ＥＸ

：っしゃあああああああああああ！
：いったああああああああああああああ
：うおおおおおおおおおおおおお！
：ＧＧ
：伝説、生まれちまったか……
コメント欄は歓喜に沸き立つが、まだ終わったわけではない。
通常、トドメを刺された魔物はその姿を魔石に変える。しかしリリスは、無惨《むざん》な姿になりながらもまだ原形を保っていた。

‥いや待て、あいつまだ生きてない？

‥え、マジ？

‥ほんとだ、魔石になってない

　油断するにはまだ早い。あれはまだ生きている。事実、リリスはよろよろと立ち上がって、憎悪《ぞうお》の瞳を私に向けた。

‥でも弱ってるね

‥虫の息や

‥もうちょっとで倒せるぞ！

　怒れる魔女は私に手を向ける。

　リリスの手のひらに魔力が収束し、光線が放たれる。怒りからか精度も甘く、予備動作も見え見えだ。今さらあんなものに当たるはずもない。

　しかし、私の後ろには蒼灯すずがいた。

「……っ」

　避《よ》けられないなら、こうしよう。

　タイミングをあわせて剣を振り抜き、光線を弾《はじ》き飛ばす。手のひらに伝わる鈍い手応え。

　逸《そ》らされた光線は、明後日《あさって》の方向に飛んでいった。

それと同時に、鋼色に輝く物体が、同じ方向に飛んでいった。
：あ
：やっべ
：剣が
飛んでいったのは私の剣の刀身だ。
度重なる酷使に耐えかねて、ついに折れてしまったらしい。私の手には剣の柄だけが収まっていた。
：折れちゃった……
：元々安物だったからなぁ
：さよならオジョウカリバー
：リリス相手によく頑張ったよ
ここに来ての武器ロスト。正直、結構困った。
もう少しでリリスを倒せるのに、剣がなくては仕留めきれない。かと言って風断ちを撃つだけの魔力も残っていないし、ゆっくり考えるような時間もない。ぐずぐずしていたらまた次の攻撃が飛んでくる。
悩んだのは一瞬だけ。探索者として培《つちか》ってきた経験は、即座に答えを摑《つか》み取った。

‥武器ないけどどうすんの？

‥さぁ……

‥お嬢ならなんとかするでしょ

任せとけ。一つ、いい案を思いついたんだ。

リリスとの距離を詰めつつ、残り少ない魔力をつぎ込んで、風研ぎの魔法を発動する。

私の両腕に、旋風が巻き付いた。

‥え

‥おい待て

‥あの、何する気ですか

決まってるだろ。殴り殺すんだよ。

風をまとった手でリリスの胸ぐらを掴んで引き倒す。マウントポジションを取り、顔面に思いっきり拳を叩《たた》き込む。

非実体化を貫いて、肉と骨を殴る鈍い手応えがあった。

‥うわ

‥え、ちょっと

‥ゴリ押しやないかい！

一発じゃ死なないので、もう一発。それでも死なないのでもう一発。
馬乗りになって、リリスの顔面を殴り続ける。何度も何度も、何度も何度も何度も。
：うっわぁ……
：ちょっと絵面ひどすぎませんかこれ
：魔物とはいえ女の子やぞ
：あの、すみません、これはなんですか？
：殴打《おうだ》ですね
：それはどういう魔法ですか……？
：いいえ、ただの殴打です
虫の息のはずなのに、リリスは簡単には死んでくれなかった。
やっぱり素手だと攻撃力が低いな……。まあ、そんなことを言っても死ぬまで殴るしかないんだけど。
：あ、あの、その辺で勘弁してあげませんか……？
：リリスちゃんかわいそうになってきた
：配信映えという言葉があってですね
：お嬢がそんなもの気にするわけがないんだよなぁ

：初見さんドン引きしてるでしょこれ
：初見じゃなくてもドン引きしてるよ
：いくらお嬢の配信でも、ここまでひどい絵面は初めて見た

薄暗い坑道の奥地に、鈍い打撃音が響き続ける。
この頃にはリリスの抵抗もほとんどなく、殴打は作業になっていた。何の感慨もなく、早く死なないかなと思いながら、私は淡々とリリスを殴り続けた。

：どうすんだよこの空気
：ほとんど放送事故だけど
：お嬢の打撃音ＡＳＭＲだよ
：配信で流していい映像じゃないだろこれ
：魔物に同情したのは初めてかも
：こちらは記念すべき世界初の六層魔物ソロ討伐映像となっております
：この映像が記録として残るんか……
：途中まではかっこよかったのに
：早く……！　早く終わってくれ……！

「あのー……。白石《しらいし》さん？」

リリスを殴っていると、蒼灯《あおひ》さんが恐る恐る近寄ってきた。

何か用だろうか。見ての通り忙しいのだけど。殴る手を止めずに、私は目だけを彼女に向けた。

「カメラ、お借りしてもいいですか？」

「？　いいよ」

何をするつもりだろう。蒼灯さんは、私のドローンカメラを両手で抱きかかえた。

「こんにちは、白石さんのリスナーさん。蒼灯すずです。配信ジャックしに来ました」

：蒼灯さん!?

：なんだなんだ、何する気だ
：配信ジャック助かる
：こんにちは蒼灯さん、白石さんのリスナーです
蒼灯さんは、私のドローンカメラを少し離れたところに持っていく。

「ご覧ください。こちらは遠巻きに眺める白石さんです」

：やったー！　遠巻きに眺める白石さんだー！

：ちょうど遠巻きに眺めたいと思ってたんだよね
：いや本当に

：あの絵面を近くで見るのはキツいもんがあった
「そしてこちらは、後ろから見る白石さんです」
：わーい！　後ろから見る白石さんだー！
：ちょうど後ろから見たいと思ってたんだよね
：いつも後ろからしか見てないけど
：見慣れた絵面だ
：実家のような安心感
「ちょっと拡大してみますか。いかがでしょう、白石さんのつむじです。これはお宝ですよー」
：すごーい！　白石さんのつむじだー！
：ちょうどつむじが見たいと思ってたんだよね
：ちょっと！　つむじなんてえっちすぎますよ！
：なんだかドキドキしてきちゃった
：異常性癖リスナーもいます
：次は正面からでお願いします！
蒼灯さんは、私の後ろで何かをやっていた。

何をやっているかはよくわからないけれど、リスナーたちは歓喜に沸いている。コメント欄はお祭り騒ぎになっていた。
「正面からですか？　今はやめておいたほうがいいと思いますよ？」
：それはそう
：でもお顔見たい……
：お嬢、どんな顔であんなことやってるんだろうな
：たぶん無表情で淡々とやってるよ
：見たいけど見たくないけどちょっと見たい
：リスナー心は複雑
：ぼくは殴られてる視点から見たいです！
：こいつやば
：ドMもいます
「悪い子ですねぇ。だめですよ？」
蒼灯さんがくすりと笑うと、またコメント欄がきゃーきゃーと騒ぎ出す。
流れが速すぎて、私の目では追い切れない。なんだなんだ。一体何が起きているんだ。
蒼灯さん、一体何をした……？

「代わりと言ってはなんですが、こちらはあおひーです。かわいいっしょ？」
：あざてぇ！
：これは自分がかわいいことを自覚しないとできないドヤ顔
：完璧なカメラ映り　＋5000000000点
：ファンサ手慣れすぎでしょ
：あおひーー！　あおひーー！　あおひーー！
：えー、正直キュンです
「よし、じゃあそろそろ本命いきますか。続きまして、ローアングルから見る白石さんの――」
その時、振り下ろした拳が空を切った。
リリスの体力が完全に尽きたらしい。命が潰《つい》えたリリスは魔力に分解されて、大きな魔石を一つ残して消えていった。
「あ、終わったみたいです。続きはまた今度で」
：あおひィ！
：そこをなんとか！　そこをなんとかお願いします！
：お嬢のローアングルを見るために今日まで必死こいて生きてきたんですよ俺らはァ！

：タイミング調整完璧すぎない？

：お嬢リスナーの俺らが、カメラワーク一つで手玉に取られただと……⁉

：配信うますぎて変な笑いが出てきた
：もしかして配信の神とかやってる？

「白石さん。カメラ、お返ししますね」

「あ、うん」

立ち上がって、蒼灯さんからカメラを受け取る。

設定を元に戻すと、ドローンカメラは私の後方――いつもの定位置に収まった。

「何してたの？」

気になって聞いてみる。

一体、どんな魔法を使ったのだろう。うちのコメント欄がこんなに盛り上がったことなんて、配信をはじめて以来一度もなかった。

「ファンサです☆」

蒼灯さんは、華麗なウィンクをぱちんと飛ばした。

そりゃ怒られるわ。

それからのことは簡単にまとめよう。

リリスを討伐した後、私と蒼灯さんは二人で迷宮からの脱出を目指した。

二人ともくたくただった。体中傷だらけで、魔力もすっからかん。私にいたっては武器もない。「これではどっちが要救助者かわからんな」というのは真堂《しんどう》さんの談だ。

それでもなんとか地上に戻って、探索者協会の扉をくぐった瞬間、私たちは二人揃《そろ》ってぶっ倒れた。

目を覚ましたのは、それから二日後。

気づけば私は市内の大学病院に入院していて、体中あちこち包帯まみれだった。火傷《やけど》に裂傷、擦り傷打ち身のフルコース。あの時はアドレナリン全開で気がつかなかったけれど、骨も何本か折れていた。体に刻まれたダメージは相当深く、手足を少し動かすだけでもだるさを感じた。

文句なしの重傷だ。だけど、こんな真っ当な治療を受けているのは不思議だった。

私は探索者だ。入院なんてしなくても、回復魔法を使えば怪我《けが》くらい簡単に治るはずなのに。

「魔力中毒だ、馬鹿者が」

私が目を覚ましてすぐ、病室に入ってきた男性は、仏頂面《ぶっちょうづら》でそう言った。

白衣を着た男の人だ。お医者さんにしては年若く見える。彼は、大変に不機嫌そうな顔をしていた。

「短時間でマナアンプルを三本も打った結果がそれだ。魔力中毒が抜けるまで、回復魔法の使用は認められない」

……あちゃー。さすがにダメだったかぁ。

そう言われると、体を巡る魔力に不調を感じた。体が重いし、頭もぼーっとする。慢性的に気分も悪い。ぐったりとしているのは、怪我のせいだけじゃなかったらしい。

お医者さんにそう言われてしまっては従うしかない。私はか細い声で応じた。

「すみません……」

「謝って済む話じゃない。自分がどれだけ危険なことをやったのか、今一度よく考えろ」

お医者さん、めちゃくちゃ怒っていた。

大変に険しい顔をされている。その眼光の鋭さたるや、一睨《ひとにら》みされただけで震えてしまいそうだ。

だけど、厳しさの中に少しだけ優しさが垣間見《かいまみ》える声には、なんだか聞き覚えがあるような気がした。

「……あの、どこかで会いましたか？」

そうたずねると、彼の顔はより一層険しくなった。

ただでさえ鋭い瞳が更に鋭くなって、私の体がびくりと跳ねる。

え、え、そんなにまずいこと聞いた？　もしかして私、殺される？

「白石《しらいし》さん、白石さん」

彼と一緒に病室に入ってきた、スーツ姿の女の人がそっと私に耳打ちした。

彼女のことは知っている。日本赤療字社《にほんせきりょうじしゃ》の職員で、私のマネージャーをやってくれている、三鷹《みたか》さんという方だ。

私をスカウトしたのも、インカムや腕章を用意してくれたのもこの人だ。三鷹さんには配信外で色々とお世話になっている。

「真堂さんですよ。あなたのオペレーターの」

「へ⁉」

素っ頓狂な声を上げると、体の傷がじくっと痛んだ。

「こうして顔を合わせるのは初めてだったな。オペレーターの真堂司《つかさ》だ」

「あ、えっと、はじめまして。探索者の、白石――」

「知っている」

遮られてしまった……。

真堂さん、ものすごく不機嫌だった。なんで怒っているのかはよくわかるし、まぎれもなく私のせいなんだけど。

「白石くん。あの場で君が取った行動には大きな問題がある。わかるな？」

「……はい」

「勇敢であることは結構だが、無謀なことをやれとは言っていない。結果的には丸く収まったものの、君はもう少しで二次災害を引き起こすところだったんだぞ」

「すみませんでした」

「それに、オペレーターの指示を無視するなんて言語道断だ。組織には組織の決まりがある。日本赤療字社の一員として業務に就く以上、こちらの指示にはきちんと従ってくれ」

「ごめんなさい……」

心当たりがありすぎて謝るしかなかった。

大体全部私が悪い。だけど、あの状況だったらああするしかなかったと思う。結果として誰も死なずに済んだわけだし、情状酌量の余地とかないだろうか。

「あのな、白石くん。少しは俺のことを信じてくれ」

ため息を一つ。苦々しい口調で真堂さんは続けた。

「俺は君のことを信じた。だったら君も、俺の言葉を信じてくれてもいいんじゃないか。信じて、信じられて、それがコミュニケーションってやつだろ」

それは……。

えっと、その。

……そうかも、しれないけど。

「……コミュニケーションは、苦手です」

言いたいことはよくわかる。私だって、蒼灯《あおひ》さんに対して同じことを思った。私は信じたんだから、私のことも信じてほしいって。

それでも、なんとなく素直に聞く気になれなかったのは、痛いところをつかれたからか。

それとも、この人なら、私の弱いところもわかってくれると思ったからか。

「わかっている。これから慣れてくれたら、それでいい」

「がんばります……」

これからの私は、そういうことを頑張らないといけないのかもしれない。

話すのは苦手だけど、信じることなら、私にもできるから。

「包帯が取れるまでは休むように。それが君の業務だ、わかったな」

説教はそれで終わりらしい。真堂さんはそう言い残して、病室から出ていこうとした。

「あの、真堂さん」

出ていこうとする彼を呼び止める。

今回の件は反省しているけど、それでも私の選択が間違いだったとは思わない。また今回のようなことが起きたら、きっと私は同じことをする。

そのことについては、きちんと話しておくべきだと思った。

「もしもまた、あんな状況に陥ったら、私はどうするべきですか？」

「決まっている。助けに行け」

真堂さんは即答した。

「助けに行っても、いいんですか？」

「ああ。ただし、やるならうまくやれ。今回のようなギリギリの救出劇はもうナシだ」

もしかするとそれは、用意してあった答えなのかもしれない。真堂さんはよどみなく答えた。

「俺たちは英雄じゃない。決死の作戦も、劇的な救助も、そんなものやらないほうがいいんだ。誰にも賞賛されないくらい、当たり前に人を助けろ。俺たちにとっての至上の勝利とはそういうものだ」

……ああ、なるほど。そっか、そういうことか。

ようやく理解した。私は助けに行ったことを怒られたんじゃない。無茶をしたことを怒られたんだ。

「次からは、ニュースにもならないくらいうまくやれ。できるか？」

私が本当に反省しなきゃいけないのは、苦戦したこと。

あの日私は、最初にリリスが出現した時点で倒すべきだった。あの場で何事もなく倒せていれば、蒼灯さんをあんな危険な目に遭わせることもなかった。

それがどれだけ難しいかなんて、私が一番よくわかっている。深淵《しんえん》の魔物とはそんなにたやすく倒せるほど甘くない。

それでも。

「やります」

私たちの掲げる理想とは、そういうものだ。

ドラマなんて必要ない。ピンチなんて馬鹿げている。

人の命がかかっているんだ。危うげなく、当たり前のように救ったほうがいいに決まっているじゃないか。

私はもっと強くならないといけない。英雄になんかならないくらいに。

「君を信じる」

相変わらずの仏頂面で真堂さんは頷《うなず》いた。

「真堂さん。ありがとうございました」

「馬鹿言え、頑張ったのは君だ。俺が礼を言われる筋合いなんてあるか」

真堂さんは、今度こそ病室から出ていった。

不思議な感覚だ。しっかり怒られたはずなのに、体がうずいて仕方ない。

言いようのない衝動が湧き上がる。今まで感じたことのない熱さが、この胸にたしかに宿っていた。

「怒られちゃいましたね、白石さん」

病室に残った三鷹さんは、気遣うように言った。

「あの人、あなたが目を覚ましたって聞いて、会議ほっぽりだしてここに来たんですよ。どれだけ心配してたんだって感じですよね」

「心配、してたんですか？」

「そりゃしますよ。連日お見舞いに来てたくらいですから」

「……あの顔で？」

「ふふっ」

三鷹さんは吹き出したように笑う。

「そうです。あのぶすーっとした顔で来てました。あれで律儀《りちぎ》なんですから、笑っちゃいますよね」

「そこまでは、言ってないです……」

「私、白石さんのセンス、結構好きですよ」

ボケたつもりはなかったんだけど……。

何にせよ心配をかけてしまったらしい。それは本当に申し訳ない。

「白石さん。実を言うと、今回の件は日療の中でも問題になりました。なんでかわかります?」

「……私が、命令を無視したからですか?」

「半分正解です」

やっぱり、命令無視はまずかったか……。

もしかしたらこれくらいの説教じゃ済まないのかもしれない。大人たちに呼び出されて、怖い部屋で詰められたりとかするのかも。

「そもそもですね、日療にとってあなたの起用は実験的な要素を含んでいました。日本赤療字社の責務は重く、職員の行動には大きな責任が伴います。その重責を一般の探索者に背負わせてもいいものか、それを見極めるために、あなたの行動は一つ一つが注目されていました」

「え、え、そうだったんですか？」

「黙っていてすみません。お伝えしたら、余計なプレッシャーがかかってしまいそうだったので」

三鷹さんはにこにこと笑っていたけれど、めちゃくちゃ人が悪かった。

最初はこの人、「いつも通りに配信して、時々救助活動にご協力いただけるだけで十分ですよー」くらいしか言ってなかったのに。私、そんなに大事なことをさせられていたのか。

「ともあれ、そんな時に起きたのがあの命令違反です。それはもう大問題になりましたとも。上層部から、探索者の起用をやめるべきだという意見が出るくらいには」

「……もしかして、私、クビですか？」

「ああいえ、そういう意味ではないですよ。今の仕組みが上手《うま》くいかないのであれば、他の方法を試すべきだという話です。あなたに責任を問う意味合いはありません」

「えと、上手く、いってないんですか？」

「成果は確実に出ています。事実、私たちは何人もの救助に成功してきました。それでも、万全に回っているわけではありませんが……」

何か悪いところがあっただろうか。完璧ではなかったかもしれないけれど、それでも救助活動自体は成功させてきたはずだ。

三鷹《みたか》さんは考え込むような仕草をする。

「迷宮内での救助活動はいまだ黎明《れいめい》期にあります。制度もバックアップ体制も、まだまだ不十分です。あなたに多くの負担をかけてしまっている現状は、我々も問題であると認識しています」

「負担なんて、ないですよ？」

「ないわけないでしょうに」

「……？」

「……まあ、その話は追々するとして」

負担ってなんのことだろう。私としてはあんまりピンと来ない話だった。

気にはなったけれど、三鷹さんはそれ以上触れずに話題を変えた。

「探索者の起用についてですが、結論から言うともう少し様子を見ることになりました。上層部は難しい顔してましたけどね、真堂《しんどう》さんが直談判《じかだんぱん》してなんとかしてくれたんです」

「え、真堂さんが……？」

「あれはすごかったですねー。普段からあんな感じの人ですけど、あの時は気迫が違いました。偉い人を相手に一歩も引かず、真正面からあなたのことを庇《かば》い通したんですよ」

あの人が、私を……？

そう言われるとなんとも言えない気持ちになってくる。嬉《うれ》しいというか、気恥ずかしいというか。

「真堂さんって」

きっと、真堂さんは私に期待してくれている。あれだけ厳しいことを言ったのも、期待の裏返しなのかもしれない。

こういうことってなんて言うんだっけ。ええと、たしか……。

「……もしかして、ツンデレですか？」

「ふくっ」

三鷹さんは吹き出した。

腹を抱えてひいひいと笑う。たっぷり十秒は笑い転げて、笑い涙を拭きながら答えた。

「私、白石《しらいし》さんのセンス、やっぱり好きです」

……言葉選び、間違えたかも。

めっちゃおこられました

「はじめます」

配信をつけて、つぶやいた。

配信をするのは五日ぶり。ほとんど毎日迷宮に潜っていた私にとって、五日も期間が空くのは、久々に登校するような気恥ずかしさがあった。

：生きてたんかお嬢
：無事でよかった
：怪我《けが》大丈夫？

「えっと、あの、こんにちは」

今日の迷宮は迷宮三層、大海迷宮パールブルーの一角、白波のビーチ。

人気《ひとけ》のない岩場に腰掛けて、私はカメラと向き合っていた。

リスナーを相手に話すというのは、やっぱり少し緊張する。もしかすると、この緊張感に慣れる日は来ないのかもしれない。

「説明とか、しなきゃって思って……。えっと、大丈夫、です。生きてます。元気です」

：知ってます

：生きててえらい

：情報量あんま増えてないぞ

：あんまり元気そうに見えないけど

：その包帯どうしたの？　回復魔法は？

「包帯は、魔力中毒になっちゃって……」

：あー……

：あんだけマナアンプル打ったらそりゃな

：魔力中毒ってなに？

：魔力を過剰投与したせいで、中毒になってんのよ

：これ以上体に魔力を通すと悪化するから、回復魔法とかかけちゃダメなの

実を言うと、私の体はまだまだ包帯まみれだったりする。

小さな傷は塞がってきたけれど、折れた骨はまだくっついていない。魔力中毒もようやく回復しはじめたばかりだ。

包帯が取れるまでは休むようにと言われていたけれど、一旦それは置いておいて。

：なら今怪我したらやばくない？
：かなりやばいね
：迷宮潜って大丈夫なの？
「……ほんとは、ダメ」
：ダメなんかい
：はよ帰れや
：なにしとんねん
本当はまだ病院にいないといけないし、そもそも外出許可すら下りていない。
だけど、じっとしていられなかったのだ。私が入院している間に何かあったらと思うと、ベッドで寝転がってなんかいられない。
それに、理由は他にもあって。
「で、でも、早くみんなに、元気な姿を見せたかったから……」
：ええて
：お嬢が俺らを気遣うとか百年早いわ
：だからそういうことするとリスナーは余計に心配するんだって
：お嬢にはリスナーの心がわからぬ

：帰って寝ろ
：ばーかばーか
「ふぇ……」
そこまで言わなくてもいいじゃん……。
蒼灯《あおひ》さんの配信者仕草を真似《まね》してみたんだけど、これはちょっと違ったらしい。リスナーからの反応は散々だった。
……少しはリスナーと向き合ってみようと思った結果がこれだ。やっぱり私、つくづく配信者には向いていないのかもしれない。
「すぐ帰るから……。ちょっとだけ、ちょっとだけお話しさせて……」
：しょーがねーな
：ちょっとだけやぞ
：魔物が来たらすぐ帰れよ
：お嬢が自分からお話ししようとしていることに感動しているのは俺だけか
：お話しできてえらいぞお嬢
：甘やかすな
誰かに何かを話したい、と思ったのは初めてのことだった。

自分の感じたことや、考えたことを誰かと共有したい。それは私にとって初めての感情で、どうしたらいいかわからなくて、いてもたってもいられずに病室を抜け出した。

今日配信をつけたのは、もしかするとそんな気持ちからだったのかもしれない。

深呼吸を一つ。はやる気持ちを落ち着かせて、私はカメラに向かって話しはじめた。

「あのね、真堂さんに、いっぱい怒られたの。無茶なことするなって」

‥それはそう

‥そりゃ怒られるだろ

‥あんだけ無茶したらね

‥一歩間違えればどうなってたことか

「だから、こんなの無茶じゃないって、言えるくらい、強くなる」

‥うーん？

‥なんか変なほうにこじれたな

‥無茶はしないって方向にはなりませんかね

‥我が道を行くのがお嬢だよ

‥無茶しないために無茶なことしようとしてない？

「それだけ」

：お、おう
：言いたかったことそれか？
：なんでちょっと嬉《うれ》しそうやねん
：怒られて反省しましたって話だよな……？
：にこにこしててかわいいぞ
：まあ怪我すんなよお嬢
：無理しないでね
リスナーたちは微妙な反応だったけれど、私としては満足だった。
これは一つの決意表明だ。今回のような失敗を繰り返さないという、私なりのケジメだ。
私はこれからも人を助けたい。迷宮に潜る人たちや、それを応援する人たちが、笑って明日を迎えられるように。
だって、誰だって最高の明日が見たいじゃないか。
「ところで、えと」
それはそれとして。
さっきから一つ、気になっていたことがあった。
「なんか、今日、人多くない……？」

：あ
：やっべ、バレた
：お嬢なら気づかないと思ったのに
：おい隠れろお前ら
：逃げろ逃げろ
「えっと、さんぜんにん……？」
自分の配信画面を確認すると、見たことのないような数字が書いてあった。
三一五七人。いつもの視聴者の、ざっと三十倍。
「……なんで？」
：お嬢お嬢、実は今注目度高いっす
：ネットニュースになってたからね
：史上初の六層魔物ソロ討伐に加えて、あの劇的な救出劇だもんな
：あの日のトップニュースだったよ
：トレンドになったし切り抜きも上がったし、検証動画まで上がってた
：上位層が口揃《そろ》えて「あれ自分には無理」って言ってた
：切り抜きから来たけど、めちゃくちゃかっこよかったです

：最後以外はね
：最後は……まぁ……
：最後についてはあおひーがかわいかったことしか覚えてない
「さ、三千人って、多いの？」
：三千人も集められたら立派な配信者やね
：全校集会の前で話すのが六百人として、その五倍か
：そこそこの規模のコンサートホールが満員になるくらい
：渋谷のスクランブル交差点で、通行人が全員立ち止まってお嬢を見てる状況をイメージするといいよ
：たとえに悪意がありすぎるんだよなぁ
：ちょっと前まで百人前後だったのにね
：三千人がなんだ、あの時なんか同接三万とかあったぞ
：蒼灯さんのほうもあわせるとトータル十万近かった
「ひえぇ……」
　コメントを見ているだけで頭がくらくらしてきた。
　現実感はまったくなかった。そんな状況なんて何一つ想定していなくて、何がなんだか

よくわからない。
　私には配信者らしいことなんて何一つできないのに、こんなにたくさんの人を前にどうしたらいいのだろう。私の頭はぐるぐるだ。
「お、お腹《なか》、いたくなってきた……」
：草
：配信者としてあるまじきポンコツムーブ
：喜ぶところやぞ
：お嬢の配信力で喜べるわけないんだよなぁ
：【悲報】日療の白石《しらいし》さん、三千人の視聴者に怯《おび》えて腹痛に見舞われる
：リリス相手には一歩も退《ひ》かなかったのに……
：あの日の英雄の姿か？　これが
：この人はお嬢であって、日療の白石さんとは別の人だから
：お嬢＝日療の白石さんとかいう悪質なデマ
　流れていくコメントの中で、一つの言葉が目に入る。
　英雄。
　もしかすると私は、そんな風に呼ばれてしまっているのかもしれない。

「……がんばります」
蚊の鳴くような声で答える。
次はもっと、危なげなく人を助けよう。英雄なんて呼ばれないように。
：無理しないで
：お嬢はお嬢でええんやで
：いつも通りでいいよ
：俺らのことは気にせず、お嬢のやりたいようにやってくれ
うちのリスナー、あったかいなぁ……。
ちょっとズレているような気もしたけれど、その言葉はありがたく受け取っておくことにした。配信者としては、まあ、そのうち頑張ろうと思う。そのうち。
その時、白衣のポケットがぷるぷると震えて、私の体がびくりと跳ねた。
：あ
：お嬢、電話来てますよ
：見つかったか
「わ、わ、わ」
慌ててスマートフォンを取り出す。液晶画面に表示されているのは、真堂司《しんどうつかさ》の三文字。

ものすごく嫌な予感がしたけれど、出ないわけにはいかない。応答した瞬間、スピーカーからドスの利《き》いた低音が響いた。

「おい白石」

ついに、くん付けもされなくなってしまった……。

「な、なんですか……?」

「包帯が取れるまでは休め、と言ったはずだが」

「業務外、です。趣味で、潜ってます」

「ころすぞ」

「命だけは……」

事前に用意しておいた言い訳も、一言で切り捨てられてしまった。

し、真堂さん、本気で怒ってる……。どうしよう、私、本当に殺されるかもしれない。

:声思いっきり入ってますけど

:パワハラですよ真堂さん

:いーやこれはお嬢が悪い

:オペさんも怒るわそりゃ

そういえば、真堂さんの声を配信に載せる設定のままだった。

だけど、今の私に設定をいじる余裕なんてものはなく。
「散歩が終わったら、すぐに帰ってくるように」
「ま、また、お説教ですか……？」
「早く戻ってきたら、それだけ短くしてやる」
「はわわ……」
：なにがはわわだ
：これは残当
：怒られておいで
：真堂さん本当におつかれ様です
：命だけは許してあげてください
うちのリスナー、いつも優しいのに今日は厳しい……。
真堂さんからの通話が切れる。こう言われてしまっては戻るしかないけれど、もう一つやっておきたいことがあった。
「最後に、もう一つだけ報告、させてください。すぐ終わるので……」
：なんですかもう
：手短に頼みますよ本当に

：真堂さん怒らせちゃダメよ
：言いたいことあるならはよはよ
一応聞いてくれるらしい。ありがとう、すぐ終わらせるから、もうちょっとだけ付きあって。
「えっとね、お仕事の名前が、つきました」
：名前？
：なにそれ
：どういうこと？
「今までは、救助活動の線引きが、曖昧だったんだけど、そういうのが、きちんと決まりました。そのついでに、職名がついたの。私は、迷宮救命士、なんだってさ」
：あー、そういうことね
：救命士ってやっていいこと悪いことあるんだっけ
：でも回復魔法は使っていいんでしょ？
：回復魔法アリならそんなに影響はなさそう
：つまり日本初の迷宮救命士ってことね
：また一つ伝説増えちまったか

：物は言いようだな

「そんなわけで、あらためて」

居住まいを正す。

今がチャンスだ。何度も何度も失敗してきたけれど、今度こそは成功させる。

もう一度深呼吸。気持ちを落ち着かせて、私はカメラをまっすぐに見た。

「日本赤療字社《にほんせきりょうじしゃ》所属。探索者兼、迷宮救命士の、白石楓《かえで》です」

……よし。

やっと、できた。自己紹介。

：うおおおおおおおおおお

：やったあああああああああ！

：ついに聞けたああああああああああああああ

：お嬢！　お嬢！　お嬢！　お嬢！　お嬢！

：え、なになに？

：なんで盛り上がってんの？

：ごめんな、古参にとっては大事なことだったんや

：おじさん嬉《うれ》しくて泣いちゃった

：大きくなったな、お嬢……
：だからお前らはお嬢のなんなんだよ
：親戚のおじさんだよ
：おじリスほんまさぁ
：後方腕組み親戚面リスナーもいっぱいいます
よろしくおねがいします、と添えて頭を下げる。
こんななんでもないような一言で一喜一憂して、よくわからないことで騒いで、時々変なことを言って、勝手に盛り上がって、勝手に転がって、勝手にオチをつけて。本当に、リスナーって人たちはよくわからない。
だけど、そんな彼らを見ているのは楽しいから。だから私は、これからも配信を続けていくのだろう。
さて、もう帰ろう。これ以上真堂さんを待たせたら大変なことになってしまう。
それじゃあ、最後に。
「またね」
ばいばい、と手を振って、私は配信を切った。

時系列は少し前後して、白石楓が目を覚ます前のこと。

日本赤療字社、本社。その上階にある役員室で、真堂司は硬い顔をしていた。

その側には三鷹《みたか》もいる。彼女は一歩引いた位置で、真堂の戦いを見守っていた。

「なるほど。つまり、真堂くん」

真堂からの直談判《じかだんぱん》を聞き終えた初老の男は、眉一つ動かさずに頷《うなず》く。

「君たちはあくまでも、今のプランを推し進めるつもりなんだね」

日本赤療字社事業局長、重國王義《しげくにおうぎ》。

一見して枯れ枝のような男だが、簡単に切り崩せる相手ではない。並大抵のことでは動じもせず、少しでも油断すれば鋭く切り返してくる。

率直に言って、真堂はこの男を苦手としている。真堂だけではない。現場の人間なら、誰だって苦手だろう。

「まあ、君の言い分はわかったよ。たしかに君たちには実績がある。今回の救助作戦だって、蓋を開けてみれば見事なものだった。華々しい成果、劇的な救助劇、語り継がれる英雄譚《たん》。結構なことじゃないか」

重國王義は笑わない。怒ることもしない。ただ淡々と、柳のように言葉を並べる。

それが皮肉であるかどうかも、語調からは判断がつかなかった。

「だけど、僕はあの作戦を成功と呼ぶ気はない」

──さあ、来たぞ。

簡単に説得できる相手ではないことはわかっていた。だが、それでもやはり緊張は走る。

「撤退命令の無視に、指針を明らかに逸脱した現場判断。しかもそれらすべてがリアルタイムで配信されているときた。なかなか面白いショーだったよ。身内のしでかしたことでなければ、ポップコーンを取りに行くところだった」

「局長、あれは俺の判断です。彼女は彼女の最善を尽くしたに過ぎません」

「ふむ、真堂くん。君、あの一件の問題はどこにあったと考える？」

試すような視線。やり辛《づら》さを感じつつ、真堂は答えた。

「現場で起きたことはすべて俺の責任です。彼女の判断も、俺が承認しました」

「そんなことはどうでもいい」

重國は何の感慨もなく否定する。

「誰が責任を取るかなんて、どうでもいいんだ。別に僕の責任にしてくれても構わないよ。

上の人間なんて、頭を下げるためにいるようなものだからね」

実際、失敗した時はそうしただろうし、と重國はつぶやく。

日療の怪物。日本赤療字社でも際立《きわだ》って異質なこの男は、時にそう呼ばれることがある。

「僕はね、現場の裁量が大きすぎたことが問題だと思うんだ。君たちが言うところの救助作戦ってやつは、彼女のワンマンで成り立っているようなものじゃないか。あの子に与えられた裁量も責任も、一人で抱えるにはあまりにも重すぎる。だからああいった暴走が起こる。さすがにね、あれは不健全だと思うよ、僕は」

真堂《しんどう》は苦々しい顔をする。

痛いところを突かれた思いだった。真堂も三鷹も、白石《しらいし》一人に大きな負担をかけている現状は認識しているし、問題だと思っている。

重國が言う通り、現状は不健全だ。それでも、真堂にも言い分があった。

「迷宮内の救助活動はいまだ試験段階にあります。本来なら、もっと無理のない小規模な活動から試していく想定でした」

「あんな命がけの救助作戦なんて、やらせるつもりはなかったと」

「……その通りです」

「じゃあ、勝手にやったあの子が悪いんだ」

「いいえ、違います。最終的に承認したのは俺です」

真堂だって、あそこまでやるべきだったとは思っていない。

そもそも当初の計画で言うと、まずは白石一人でも回る程度の救助活動からはじめて、ノウハウを蓄積しながら少しずつ活動の規模を広げていく予定だったはずだ。それが突然魔力収斂《しゅうれん》の対処をすることになるなんて、誰にとっても想定外のことだった。

今回の件は誤算がいくつもあった。魔力収斂が起きたこともそうだし、白石本人が制止を振り切って作戦の続行を主張したこともそうだ。

誰が悪いという話ではない。あの件に関わった人間は、誰もが己の最善を果たそうとした。その結果が、これだ。

悪がなくとも問題は起こる。そして、正義がなくとも解決しなければならない。

「想定ね。僕は、意味のない言葉だと思ってる」

怪物は続ける。

「僕たちがいるのはいつだって修羅場だ。想定外なんてものは常に起こる。それに対処するのも想定の内だよ」

わかっている。想定外の対処なんて、それこそオペレーターの仕事だ。

その上で言うなら、真堂だって判断を間違えたとは思っていない。あの状況ではああすることが最善だったと信じている。

最善を尽くして、賭けに勝った。それが事実だ。

「まあ、そういう意味ではよくやったほうだと思うよ。失敗していたらとんでもないことになっていたとはいえ、実際のところ君たちは成功した。だから、この件についてはそれでよしとしよう」

重國は一度矛を収める。

だが、彼の目は少しも笑っていない。冷えた気配は、依然として室内に流れていた。

「それで、次はどうする？」

次のこと。

迷宮救助の今後。今回の反省を踏まえた、次回。また同じことが起きたら、どうするか。

「迷宮内での救助活動はたしかに重要だ。だけど、君たちのプランはいささか性急すぎる。このままだと、彼女潰れるよ」

重國の目には何の感情もない。

怒りはない。責めるような勢いもない。ただ、言葉には鋭さがあった。

「やはり僕は、迷宮に潜れる人材を内部で育成したほうがいいと思うんだけどね。その方が確実じゃないか」

「ですが、そのやり方では時間がかかりすぎます」

「そうだね。きっと、軌道に乗るまでの間に大勢見殺しになるだろう」

「……はっきり言いますね、局長」

「悪いね、僕は数字でしか物を見られない人間なんだ。だから現場から遠ざけられて、こんな椅子に座らされている。おかげでよく嫌われるんだよ。君も僕のこと嫌いだろう？」

「ええ、そうですね」

「それでいいよ。現場側の人間は、それくらいのほうがいい」

どこまで本気かもわからない。冗談のように聞こえないあたりが、本当にたちが悪い。

「まあ、つまりはどっちがより多くを救えるかって話だよね。確実だけど大勢を見殺しにする僕のプラン。リスキーだけど即効性がある君たちのプラン。チップは命だ。どっちに賭ける？」

軽い調子で怪物は聞く。その目は少しも笑っていなかった。

「局長。一つ、補足させていただいてもよろしいでしょうか」

真堂の側《そば》に控えていた三鷹が口を挟む。

「白石さんに大きな負担がかかっている現状はこちらでも把握しています。ああいった事態が起きた場合、彼女が無理をしてしまうことも理解しました。その上で、状況を改善する見込みがあります」

「ふうん、どうするの？」

「バックアップ体制と人員を拡充します。現状の体制では、危機的な状況に余裕を持って対処できないことがこの問題の根因です。戦力が充実すれば、彼女にかかる負担も軽減されるでしょう」

「簡単に言うね。その予算はどこから出るの？」

「それについても、当てがあります」

結局のところ、問題になるのはいつだって金だ。

潤沢な予算があれば結果を出すのは簡単だ。しかし、現実にそんなものはない。誰だって限られたリソースの中でやりくりするしかない。

三鷹にはその予算を引っ張り出すプランがあるらしい。詳細は聞かなかったが、重國は頷いた。

「まあ、いいよ。三鷹くん。君もどちらかと言えば、僕と同じ側の人間だろう」

「……ええ、そうですね。私も物事は数字で見るほうです。あなたほどではありませんが」

「僕のようにはならないほうがいい。敵が多い生き方が好きなら、別だけど」

「肝に銘じます」

内心、三鷹は胸をなでおろす。

この怪物の相手はできるだけやりたくなかった。真堂のサポートのためについてきたが、表立って戦えるほど三鷹の腹は据わっていない。

三鷹にできることはここまでだ。後は黙って、二人の戦いを見守ることにした。

「それで、真堂くん。君はどう思う？」

重國はあらためて真堂に問う。

「即効性というメリットはたしかにそうだね。彼女にかかる負担についても、三鷹くんがうまくやるんだろう。だけど、当面はあの子次第だということは変わらない。君たちの秘《ひ》蔵《ぞう》っ子《こ》さ、本当にうまくやれるの？」

期待はない。侮蔑もない。一切の含意のないただの質問だ。

それゆえに、誤魔化すことは許されない。

「彼女なら、やります」

その質問を、真堂は正面から受け止めた。

「彼女は本物です。頭にあるのは、どうすれば助けられるかということだけ。責任だとか、負担だとか、本人は気にもしていません。仮に俺たちが計画を中断したとしても、きっと一人でも救助活動を続けるでしょう。あいつはそういうやつです」

「コントロールできない人材は組織には不要だね」

「コントロールしますよ。それは俺の仕事です。これ以上、無茶をさせないためにも」

強い意志を宿す視線と、無感動な視線が交錯する。

刹那の間に、火花が散った。

「彼女には大きなポテンシャルがある。俺はその可能性を信じることにしました」

真堂司《つかさ》は腹をくくる。

チップは命だ。だからこそ、投資先を間違ってはいけない。

「だから俺は、あいつを信じる俺に賭けます」

「……いいね」

その答えを聞いて、重國《しげくに》はわずかに口元を緩めた。

「悪くない。もし白石くんに賭けていたら、君の首を飛ばさないといけないところだった」

「するわけないでしょう。これ以上彼女に背負わせてどうするんですか」

「そうだね。僕らは誰だって背負っている。その責任を他人に押し付けるようじゃ、君に任せられることは何もない。——いいよ、わかった。それなら僕は、君を信じる僕に賭けよう」

　口元を緩めたのも束《つか》の間のこと。日療の怪物は、無感情に頷《うなず》いた。

「真堂くん、三鷹《みたか》くん。君たちの好きなようにやるといい。しばらくは黙って見ていてあげるから」

「……どうも」

「それと、真堂くん」

　息をつく暇も与えずに、重國は続ける。

「僕たちは英雄じゃない。救えるのは最大多数であって、すべてではないんだ。何もかもを救えるとしたら、それはもう英雄だ」

　それは、日療に所属していれば度々耳にする言葉だった。

「だけどね、英雄の末路は悲惨だよ。知ってるでしょ？」

　日療に所属する人間はその多くが善人だ。自己犠牲を厭《いと》わない人間だって珍しくはない。

　だからこそ、英雄という言葉は、この組織では忌避される。

「わかってます。俺たちは、あいつを英雄にするつもりはありません」

「聞いたところ、彼女には英雄の資質がある。きちんと見ておくように」

「言われなくとも」

そんな忠告をするあたり、重國という男も悪人ではない。

ただ、判断を下す際は情に流されないというだけで。それは日療では貴重な才能だった。

「頑張りたまえ、真堂《しんどう》くん。君たちは面白い。これでも個人的には期待しているんだ」

「いいですよ、そういう冗談は」

「本当なんだけどね」

重國はわずかに口元を緩める。

この男にも、一応感情というものはある。しかし、微細すぎる表情の変化に気づかれないのも、怪物と呼ばれる男にとってはいつものことだった。

三章　変わるもの、変わらないもの、これから変えてみたいもの

わちゃわちゃ

おはよ

ぬかるむ土を踏み抜いて、深緑の森を駆け抜ける。

眼前にいるのは三匹の灰狼《はいろう》。迷宮二層、樹海迷宮エバーリーフに生息する狼型の魔物だ。

こいつらは高度な連携で獲物を追い詰める難敵だ。屠《ほふ》るコツは、まず真っ先に指揮系統を潰すこと。

中央にいる一際《ひときわ》大きなアルファ個体に狙いをつけて、私は自分の得物――二振りの短剣を振り抜いた。

：わんわんお！　わんわんお！
：いいの入ったな
：アルファ個体もワンショットかよ
：あの狼、結構強くなかったっけ……？

：短剣全然いけるやん
二連撃を叩《たた》き込まれたアルファ個体は、首筋から血を噴き出して倒れ伏した。
悪くない感触だ。これまで使っていた片手剣に比べて、短剣は取り回しがいい。その分リーチに欠けるけれど、そこは魔法でカバーできる。
左足のホルスターに差したシリンダーに魔力を通す。途端、双剣に旋風が巻き付いた。
：おー、風研ぎか
：短剣と相性いいんだっけ？
：双剣風研ぎは風双剣界隈《かいわい》じゃ定番コンボやね
：聞いたことないが
：風属性の適性持ってる人あんまいないしなぁ
：風研ぎ使ってるやつはもっと少ないし
：そもそも双剣使いもそんなに見ない
：風双剣界隈ってなんなんだ……？
：俺は！　使ってるんだよ！
：なんかごめん
風研ぎ——風の刃《やいば》を剣にまとわせる、風属性の補助魔法だ。

旋風が刀身を覆い、短剣に欠けるリーチを補う。切れ味と速さを増した刃を振るうと、二匹目の狼もさくさくと切り落とされていった。

と、その時。少し離れたところにいた三匹目の狼が、背中側から飛びかかってくる。

振り向きざまに剣を振り抜いて迎撃する。勢いを乗せた二本の刃は狼の牙に当たり、カァンと甲高い音を立てた。

：あ

：えっ

：あー……

：折れちゃった

：オジョウカリバー四世とオジョウカリバー五世ー！

太刀筋にブレはなかったはずだ。しかし、狼の牙と正面衝突した二本の刃は、ぺきっと根本から折れてしまった。

……武器、また壊れちゃった。

：まーたお嬢が武器壊してる……

：最短記録ですねこれは

：そんなに雑に扱ってたか？

：いや、お嬢の魔法に武器が耐えきれないんだわ
：あの短剣も安物だからなぁ
：最近のお嬢、キレッキレだからなおさらね
さすがに、十本で五十万円の短剣はまずかったかぁ……。
今使っている武器は、歴代の愛剣でもぶっちぎりの安物だ。折れたら換えればいいやのつもりではあったけれど、こんなにすぐ壊れてしまうのはちょっと想定外。
ただ、私の剣も折れたけど、狼の牙もへし折れた。牙を砕かれた狼は口から血を流して悶《もだ》え苦しんでいる。
ポーチには予備の短剣もあるけれど、ここまで追い詰めたらあと少しだし。あんまり武器を傷めるのも、お財布的によくないし。
しょうがない。あれ、やるか。
：あの、お嬢？
：なんで拳を握りしめたんですか
：おい待て、まさかやる気か？
：またか!?　またやるのか!?
ホルスターに差したシリンダーに魔力を通し、両手の拳に風をまとう。

助走をつけて軽く跳び、のたうち回る狼の頭に、勢いを乗せた拳を振り下ろした。

狼は短く悲鳴を上げる。後はいつも通り、マウントポジションを取って、死ぬまで殴るだけ。

：またですか、また撲殺ですか！
：なぐるのやだー！
：だからやめなさいってそれ
：絵面が悪すぎるんよ
：何回目ですかお嬢
：もはや伝統芸能
：リリス戦以来すっかり味占めやがって
：武器壊しても殴ればいいやって思ってない？

ちょっと思っている。

しょうがないじゃん、武器ってすぐ壊れるんだもん。私だってこんなことしたくないけど、すべては簡単に折れる剣が悪い。

頑丈な武器を買えばいいんだけど、この頃の私は金欠気味なのでそんな余裕はなく。辿《たど》り着いたのがこのスタイルだった。

しかし、短剣なぁ。どうしようか。

武器としては悪くないんだけど、左手が埋まるのが気に入らない。私の戦闘スタイルだと、できれば片手はシリンダーのために空けておきたいのだ。

足にくくりつけたホルスターにシリンダーを差しても魔法は使えるけれど、どうしてもコントロールの精密さに欠ける。それに、ホルスターに差せるのも二本が限度だ。それ以上となると、今度は使いたいシリンダーに魔力がうまく流せなくなってしまう。

となるとやっぱり、左手はシリンダーの制御に使って、右手はリーチと火力のバランスがいい片手剣を握りたくなるんだけど……。

でもなぁ……。

短剣、安いからなぁ……。

：お嬢、お嬢、なんかよそ事考えてない？

：まだ戦闘中ですよ
：考え事しながら殴られる狼くんかわいそう
：動物愛護団体と日療ってどっちが強いの？

：この世の終わりみたいな対戦カードを組もうとするな
：あ、終わった

：狼よ、安らかに眠れ……

しばらく殴っていると、三匹目の狼も魔力に分解されて消えていった。残った魔石を回収し、ポーチの中に放り込む。

さて、簡単なほうのお仕事はこれでおしまい。続いて、ちょっと難しいほうのお仕事だ。

立ち上がって土を払う。振り向くと、木々から伸びる黒いツタに、二人の女の子が搦《から》め捕られていた。

「大丈夫？」

彼女たちが今回の要救助者だ。

救助要請を受けて飛んできた時にはもうこの状態だった。がんじがらめにされて動けないところを、狼の魔物に見つかってしまったらしい。

「は、はやくっ……！　つ、ツタが、さっきから際《きわ》どいとこに……！」

「めいちゃん、落ち着いて！　暴れたら余計に……！　ひゃんっ！」

：女の子とツタね、うんうんなるほどね
：なるほど迷宮にはこういう脅威もあるのですね
：いやあこいつは貴重な記録映像だ
：すみません、細部が見たいのでもう少しカメラ近づけてもらってもいいですか？

：今日はこれでいいや
：どすけべえっちばい
「見るな、ばか」

ドローンにタオルを放り投げて、カメラを覆い隠す。

助けを必要としている人たちを変な目で見ないでほしい。そういうのは、ちょっと怒るぞ。

：あーー！

：グロいのは容赦なく流すくせにーー！

：ごめんお嬢、もうそういう目で見ないから！

：すみません出来心だったんです許してください！

：終わるまで隠してていいよ、あいつら絶対反省しないから
：正解
「ん、あっ……！　もう、やめろ、よぉ……！」

「ひうぅ……。これ、とってくださいぃ……」

女の子たちは切なそうな声で悶える。はいはい、今助けるから。ちょっと待ってね。

あの黒いツタには近くにいるものを手当たり次第に搦め捕る習性がある。下手に近づい

たら、私も搦め捕られてしまうだろう。
あれを外すのにはちょっとしたコツがあるんだ。
私はポーチから松明《たいまつ》を取り出して、ライターで火を点《つ》けた。
：ちょっとだけでも見せてくれませんか……
：あれって二層でよく見るトラップだよね？
：下心とか抜きに、対処方法は普通に知っときたいかも
：おう俺らが代わりに教えてやるよ
：できればお嬢に冷たくされながら、嫌々教えてもらいたいのですが
：なんでも正直に言えばいいってもんじゃねーぞ
：迷いなく言い切った勇気は評価したい
対処方法と言っても難しくはない。松明を近づけてやればいいだけだ。
松明をかざしながら二人に近づく。火を嫌ったツタは、少女たちを解放してするすると逃げていった。
「ありがとう、ございます……。もうちょっとで、倫理フィルターのお世話になるところでした……」
「そういう問題じゃないよ、めいちゃん……」

「ん」

こくりと頷《うなず》いて、ドローンからタオルを外す。

へたり込んだ少女たちに水を手渡す。冷えた水が喉を滑り落ちてもなお、彼女たちの火《ほ》照《て》る肌はじんわりと汗ばんでいた。

：なんか、まだえっちかも……

：どきどきしてきちゃった

：怒られても知らんぞ

：やっぱ反省してねーなこいつら

：この前俺が罠《わな》踏んだ時の映像やるからそれで我慢しろ

：あ、それは大丈夫っす

：遠慮しときます

うちのリスナー、時々アホだなぁ……。

落ち着いたところで、この二人にはツタの対処方法もレクチャーしておこう。一応、ちゃんと知りたがっているリスナーもいるみたいだし。

話す前に、頭の中で言いたいことを簡単にまとめる。そう難しいことではない。ただ、こう言えばいいだけだ。

――このツタには火を嫌う性質があります。二層ではよく見る植物なので、このあたりを探索する際は松明を持ち歩くといいでしょう。私の予備を差し上げるので、帰り道はそれを使ってくださいね！

「えっと、火が……。松明、とか。これ、予備で……」

…………。

わかっている。自分でもわかってはいるんだ。みなまで言わないでほしい。

：なるほど、つまりあの植物は火を嫌うんだな
：二層を探索する時は松明を持ち歩くといいのか
：予備を渡すなんて、お嬢は優しいなぁ
：お前らなんでわかるんだよこえーよ
：訓練されすぎだろここのリスナー
：これはまだ簡単なほうやね
：お嬢検定準二級くらい？
：この配信怖すぎ

コメント欄から得も言われぬ狂気のようなものを感じたので、私はしれっと目を外した。
都合の悪いコメントは、読まない。この前、友だちの蒼灯《あおひ》さんから教わった配信スキル

だ。
「松明、ですか？　もしかして、火を嫌うんですか？」
「うん」
「なるほど、そういうこと……。ありがとうございます、使わせてもらいます！」
彼女は屈託なく笑って、私の差し出した松明を受け取った。気にしないで、と首を横に振る。伝わるかな。
…察しのいい子でよかった
…ちゃんと伝えられてえらい
…伝えたというか伝わったというか
…お嬢のコミュニケーションの八割は相手の努力で成り立っています
それは本当にごめん……。
私だってなんとかしたいとは思っている。だけど、誰かと話そうとすると、頭がぐるぐるしてしまうのだ。慣れてきたらちょっとはマシになるんだけど、初対面の人はどうしてもダメ。
彼女たちを連れて、ツタのない安全な場所まで移動する。そこで私は、もう一度二人に向き合った。

「怪我《けが》、見せて」

「どこも怪我してないですよ？」

「念のため」

二人の体を簡単に確かめる。ツタに摑《つか》まれていた箇所が少し赤くなっていたけれど、それ以上の傷はない。ちょっと擦過傷があるくらいだ。

「あ、あの！」

体を診ていると、少女たちの片方――めいちゃんじゃないほう。名前は知らない――が大きな声を出した。

「その白衣と腕章、もしかして日療の白石《しらいし》さんですか⁉」

……？

たしかにそうだけど、知り合いだろうか。あいにく私はこの子に見覚えがなかった。

「え、と……？」

どこかでお会いしましたか、と首をかしげる。彼女はそれをスルーして、隣の少女の手を取った。

「わ、わ、すごいよめいちゃん！　この人だよ、この人！　あのリリス退治の！」

「え、マジで？　この人があの⁉」

「そう！　撲殺天使白石さん！」

「ちがいます」

反射的に答えている私がいた。

誰だよそいつ。そんな不名誉な名前で呼ばれる覚えはないぞ。

「リリス戦のアーカイブ、何度も見ました！　あの時から大ファンなんです！　どんな魔物も殴り殺すって、本当だったんですね！」

「誤解があります」

「すごい、すごいよめいちゃん！　天使の撲殺、生で見ちゃった！」

「違うんです」

「白石さん！　もしよかったら、記念に殴ってもらってもいいですか……？」

「やです」

：強火のファンじゃねーか！

：なんだ、ただの俺らだったか
：なんだか親近感が湧くなぁ
：いいなぁ、俺も殴ってほしいなぁ
：おい一緒にすんなドMども

様
使
白石

：健全なリスナーもいるからな！　全員がこんなんじゃないぞ！

：俺はどっちかって言うと罵られたいほうだから
：お前も同類だよ
……………。わぁ。

なんというか、すべてから目を背けてしまいたかった。だけど現実から目を逸《そ》らすとコメントが目に入って、コメント欄から目を逸らすと現実がそこにあった。

私の逃げ場はどこにもない。この世はもうおしまいだ。

「おいよせって。白石さん、困ってんだろ」

「で、でも、めいちゃん……」

「いいから。あたしに任せとけ」

遠い目をしていると、めいちゃん氏が彼女を諌《いさ》めてくれる。

よかった、こっちの子はまだまともらしい。この子までそっち側だったらどうしようかと思った。

「すみません、白石さん。助けてもらったのに、変なこと頼んじゃって」

「えと、はい」

「でもこいつ、あなたに殴られるのが夢だったんです。お願いします。一発、くれてやってもらえませんか？」

　ちょっと待って。

　違うの。頼み方の問題じゃないの。そんなまっすぐな目で頼まれたって、困るものは困るの。

「マジで！　一発だけでいいんで！　先っちょだけでもいいんで！」

「やです……」

「ついでにあたしも頼みます。遠慮とかマジでいいんで、バシッと気合入れてください。おなしゃっす！」

「……お大事に」

　私は逃げた。

　迷宮の脅威はなんとかなる。要救助者の救護も慣れてきた。

　だけど、こういうのだけは、私にはちょっと無理だった。

経費申請はちゃんと出せ（真顔）

：おつかれ、お嬢

：いやー笑った笑った
：お嬢の知名度も上がったよなぁ
：撲殺天使ってなんだよ
：なんやろなぁ……
：それについては半分自業自得《じごうじとく》かも
救助の帰りに、私は迷宮二層に広がる森林をさくさくと歩いていた。
他に救助要請は来ていないし、ついでにここで狩っていくつもりだ。お金は少しでも稼いでおきたいから。
「ちょっと、びっくりした」
：大丈夫だよお嬢、世の中ああいう人ばっかりじゃないからね
：あの人たちも悪い人じゃないからね、ちょっとテンション上がっちゃっただけで
：怖い人なんてそんなにいないよ、本当だよ
：人は誰しも内なる闇を秘めている
：誰だ今の
：おいお嬢のことは丁重に扱え
：お嬢が人間嫌いになったらこの配信終わりだぞ

「あ、えと。そうじゃ、なくて」
感想をつぶやいただけで、リスナーたちによしよしされてしまった。こいつらは妙に過保護なところがある。私のことをなんだと思っているんだろうか。
まあ、たしかにそれもびっくりしたんだけど。私が言っているのは、そういうことじゃなくて。
「私にも、ファンっているんだなって」
：は？
：俺らのことなんだと思ってる？
：ここにいっぱいいるやろがい
：ぼくたち人間として見られてないかもです
：まあ、俺らはただの文字だから
：リスナーに人間性なんて必要ないんだよね
：お前ら教育されすぎなんだよなぁ
ああ、そっか。たしかにそう言われるとリスナーもファンなのかもしれない。
でも、あんまりファンって感じじゃない気がする。この人たち、私が変なことやったら普通に怒るし。ある意味ファンよりも気安い関係だと思うけど、だからと言って友だちってわけじゃない。
なんて言うんだろう、この感じ。
「……リスナーは、リスナーじゃない？」
他に言い表す言葉も見つからなくて、そのまま言ってしまう。
だけど、それが一番しっくり来るような気がした。
：お、おう
：そうかな……そうかも……
：深いようで深くないようでちょっと深い
：少なくとも人間としては見られてなさそう
：お嬢が俺らという意志存在を認知してくれただけ感謝します
：感謝のハードルが低すぎる
：森羅万象に感謝しながら生きてそう
今日も楽しそうだな、この人たち。
それからリスナーたちは好き勝手に雑談をはじめる。それを眺めながら、私は黙々と魔物を狩っていた。
救助要請がない時は、うちの配信は大体いつもこんな感じだ。

リリスを討伐して以来視聴者数は増えたけど、私の配信は大きく変わらなかった。相変わらず私は喋《しゃべ》らないし、リスナーたちは好きにしている。そんないつも通りの配信風景に、ちょっとだけ居心地のよさを感じていた。

配信なんて、最初はただの義務でしかなかったはずなのに。もしかするとそれは、この配信に訪れた、数少ない変化ってやつなのかもしれなかった。

とまあ、そんな感慨に浸りつつ。

結構狩ったし、救助要請もこれ以上はなさそうなので。

「おわり。じゃね」

: あ、終わった

: だから配信切るの早いて

: またおつかれ様ですって言えなかった……

: 未来を読めなかった俺らが悪い

: 自分たちに対する要求値が高すぎない?

: どこまで行く気だよお前ら

じゃ、帰ろっか。

転移魔法陣をくぐって地上に戻り、探索者協会の買い取り所に魔石を持ち込む。

収入としてはぼちぼちだ。一応黒字だけど、短剣の消耗分を考えると、芳《かんば》しい成果とは言えない。

うーん、頑丈な武器がほしい。贅沢《ぜいたく》は言わないから、せめて戦闘中に壊れないくらいの武器があれば……。

「お疲れ様です、白石《しらいし》さん」

協会をうろうろしていると、女の人に声をかけられた。

この人は三鷹《みたか》さん。日本赤療字社《にほんせきりょうじしゃ》の職員で、私のマネージャーさんだ。

おつかれさまです、と返事をすると、三鷹さんはにこりと微笑《ほほえ》んだ。

「白石さん。先日の経費申請が来ていませんが、確認をお願いできますか?」

「……けいひ?」

「あ、忘れてたって顔ですね」

忘れていたというか、そもそも知らなかった。

最初の頃に説明されたような気もするけれど、完全に頭からすっぽ抜けている。聞いてもちょっと思い出せそうにない。

「経費って、申請しても、よかったんですか?」

「あなた、何のためにうちに所属したんですか」

「え、それは、人を助けるために」

「活動のサポートは事務所の仕事です。お仕事、させてくださいよ」

「でも……」

たしかにそれは、そういうものかもしれないけれど……。

だけど、私が所属しているのは日本赤療字社。探索者事務所ではなく、医療法人団体だ。普通の探索者事務所であれば、収益の何割かを事務所に入れる代わりに、色々なサポートを受けるのが一般的だ。だけどその辺、日療は勝手が違う。

日療は探索者のサポートを専門としているわけではないし、私も探索活動を通じて得た収益を日療に入れていない。そのあたりの関係は、もっとドライなものだと思っていた。

「本当に、いいんですか？」

「ダメなわけがないですよ。救助活動中にかかった費用については、こちらに請求してください。通常の探索活動についても、可能な限りサポートしますから」

「でも、その、えっと」

「何か心配事でも？」

「……お金、すっごくかかりますよ？」

迷宮内での活動にはお金がかかる。すっごくかかる。

ポーション一本で百万円。この前使ったマナアンプルなんて、あれ一本で五百万円だ。ちゃんとした剣を買おうとしたら一千万はするし、魔法技術の結晶とも言えるシリンダーに至っては億単位の値段がつくことだって珍しくない。

迷宮産業の物価は、世間一般と比べて完全に別世界だ。探索者事務所ならともかく、普通の法人が背負い切れるようなものではない。

「まあ、そう言われると苦しいところもあるんですけど」

三鷹さんは苦笑する。

日本赤療字社の活動資金はその大部分が寄付金だ。決して無尽蔵にあるわけではないし、無駄遣いが許されるものでもない。

一回の救助活動で数百万円の経費をぽんと請求してしまうのは、さすがに気が引けた。

「正当な使途である以上はこちらで負担するべきお金です。あなた個人に背負わせるわけにはいきません」

「私は、それくらい、稼げますから」

「ダメですよ。そういう問題ではありません。きちんと請求してください」

そう言われたら頷《うなず》くしかないんだけど……。

やっぱり少し、気になってしまう。本当にそれでいいんだろうか。

「しかし、そうですね……」

三鷹さんは独り言のようにつぶやいた。

「本格的なサポート体制を築くには、予算の問題は解決せねばなりません。もう少しタイミングを見るつもりでしたが、白石さんも気にされているようですし……。まあ、そろそろ頃合いですか」

その時の三鷹さんは、なんというか、大人の顔をしていた。

ややあって彼女は顔を上げる。にっこりとした微笑みの裏に、打算の色が透けていた。

「白石さん。収益化、通しましょっか」

こちらはメインヒロインの楓ちゃんです

たすけて

「はじめます……」

つぶやく。配信開始ボタンを押すのが、今日は気が重かった。

今日の配信はいつもと違う。まず、私は武器を持っていない。白衣も着ていないし、腕章もつけていない。

今着ているのはよそ行きのブラウスとロングスカート。防御力なんてかけらもない、ただの私服だ。

いや、普段から防御力はそんなにないんだけど。私服姿でカメラの前に出るのは、なんだかいつもと違う緊張感、というか。

恥ずかしさ、みたいなものを感じていた。

：どしたの
：え、誰？

：お嬢？

：珍しい格好してる
：なんかあった？

：てかここどこ？

いつもと違う格好をしているからか、リスナーたちもざわついている。それで余計に意識してしまって、私はスカートの裾をぎゅっと摑《つか》んだ。

ここは迷宮ではなく、日本赤療字社の小会議室。六人くらいが詰められる空間で、私はカメラの前に座っていた。

迷宮から一歩外に出れば、探索者だって人間だ。武器やシリンダーを持つことは許されないし、魔法だって使えない。身体能力は高いけれど、銃を持った人間に勝てるほどじゃない。
ここでの私はただの白石楓だ。強さという鎧《よろい》がない私は、文字通りただの少女でしかなくて。
：まるでお嬢が普通の女の子みたいだぁ
：なんか今日のお嬢かわいいんだけど、錯覚か？
：お嬢はいつもかわいいだろ
：なんだかどきどきしてきちゃった
：これがギャップってやつか……
：でもこの子、素手で人殺せるんだぜ
：そう聞いたらもっとどきどきしてきちゃった
：どっちの意味でだよ
：ここのリスナーならどっちもありそう
茶化さないでほしい……。これ、本当に恥ずかしいんだから……。
「え、と……」
なんとか声を絞り出したけれど、顔はうつむきがちだし、耳まで赤いし、声もちょっと上ずってしまう。
カメラってやつは銃口に似ている。黒光りしているところなんか特にそう。
それに向かうのはいつも緊張するけれど、今日の緊張感はいつもの比じゃなかった。
:なんだこのかわいい生き物
:お嬢とは似て非なる存在かも
:楓ちゃんやねこれは
:お嬢第三の人格かぁ……
:お嬢と日療の白石さんは別人なんだから、そりゃ楓ちゃんも別人でしょ
:こんなにかわいい子がお嬢のはずがない
す、好き勝手言いやがって、こいつら……。
気分的にはもう配信を終わりたい。もう何もかもなかったことにして、家に帰ってふて寝してしまいたかった。
「きょ、今日の配信は、ここまでで……」
:草
:何しに配信つけたんや
:もしかして私服見せたかっただけ?

：一旦かわいいって言われに来たか
：悪いこと覚えたな楓ちゃん
：こういう配信今後も頼む
：なんかお話あるんとちゃうの？

いや、その、違うの。違うんです。そんなつもりじゃなくって、お話ししたいことがあるんです。

だけど私の頭はもうすっかりぐるぐるになってしまっていて、自分ではどうにもできず、私は半泣きになって助けを求めた。

「み、三鷹さぁん……」

「はいはい、わかりましたよ。頑張りましたね、白石さん」

カメラの画角外に控えていた三鷹さんが、私の隣の席に座る。

華麗にスーツを着こなした三鷹さんは、凛《りん》と背筋を伸ばしてカメラに向き合った。

「はじめまして。日本赤療字社所属、白石さんのマネージャーの三鷹です。本日はよろしくお願いいたします」

「……ます」

三鷹さんは折り目正しくお辞儀をする。それに倣《なら》って、私も頭を下げた。

：マネージャーさん？
：初コラボ来たな
：はじめまして三鷹《みたか》さん、白石《しらいし》さんのリスナーです
：なんですか、もしかして説教配信ですか
：お嬢また悪いことしたの？
当然のように私を疑わないでほしい。またってなんだ、またって。
たしかに経費申請は出さなかったけれど、そんな理由でこんな罰ゲームをさせられているわけじゃない。
……というか、私、なんにも悪いことしてないのに。なんでこんなはずかしめを受けているんだろう……。
「本日は私からお話ししたいことがあり、白石さんにお願いしてこのような枠を取らせていただきました。リスナーの皆様、少しだけお付きあいいただけますと幸いです」
：もちろんですよ
：つまり楓ちゃんを引っ張り出したのはマネさんの采配ってことですか
：これは敏腕マネージャー
：配信タイトル「たすけて」ではあるよ

：何したんですかマネさん
：まあまあいいじゃないですか
「まずは、先日の魔力収斂《しゅうれん》災害についての謝辞を。かの災害は迷宮浅層で起きたこともあって、多くの探索初心者が巻き込まれる危機的な事態を引き起こしましたが、リスナーの皆様や一般の探索者様方のご協力もあり、犠牲者ゼロという奇跡的な結果であの窮地を乗り切ることができました。応援・ご協力いただいたすべての皆様、誠にありがとうございました」
「ありがとう、ございました」
三鷹さんと一緒にお礼を言いながら、私は妙な感動を覚えていた。
この人、よくこんなに舌が回るなぁ……。ちょっと羨ましい。
：いえいえそんなとんでもない
：お礼を言うのはこっちなんだよなぁ
：お嬢も日療の方々もありがとうございました
：おかげで今日も配信が楽しいです、ありがとうございます
「さて、白石さん。突然ですが、ここでクイズのお時間です」
「え、あ、はい」

びくりと肩が震える。事前に打ち合わせはしたけれど、それでもやっぱり緊張した。

「あの救助作戦でかかった費用、合計でいくらくらいだと思います?」

「え、えっと……。二百万くらい、ですか?」

「そんなわけないですよね」

「……すみません、千五百万とちょっとです。マナアンプル、三本も使っちゃったので……」

「いいえ、それでもまだ足りません」

「えっと……。わからないです……」

これは本当。クイズをすることは聞いていたけれど、答えまでは聞いていない。

災害救助というものにどれだけのお金がかかるのか、私は本当に知らなかった。

「正解は、およそ六千三百万円になります。これはあの日一日の活動費であって、被災者のアフターフォローや事後処理にかかった費用は含みません」

:え、たっか
:一日でそんなにかかるんか
:そうかな、ピンと来ないけど
:探索者基準だとそんなもんかって思っちゃう

：安めのシリンダー一本分くらい？

「私たち迷宮事業部の年間予算は三億二千万円。つまりあの日一日で、一年分の予算の二十％弱を使った計算になりますね」

：二十％マジ？

：そう聞くとめちゃくちゃ高い

：魔力変動なんて年に数回は発生するが

：予算少なすぎない？

：いや感覚バグってるけど、三億って相当だぞ

：どっちかって言うと迷宮の物価がおかしい

「参考までにですが、日本赤療字社《にほんせきりょうじしゃ》における災害救護事業全体に割り振られた予算が三十億円です。我々は今年新設されたばかりの部署なので、これ以上の予算は如何《いかん》ともしがたく……」

：あー、そういう問題かぁ

：日療も迷宮内での救助活動だけしてるわけじゃないから……

：それにしたって予算三億で迷宮事業は無理があるでしょ

：普通の探索者事務所でも最初はそんなもんじゃない？

：新設の部署で全体予算の十％も取ってきたのは相当がんばってる
：数弱ワイ、理解することを諦めつつある
：もうちょっとがんばれ
ほえー。そうなんだぁ。
ぽんぽんと飛び交う数字を、私はぽけーっと聞き流していた。半分くらい、意識も飛んでいたかもしれない。
「詳細な内訳は後日公開する報告書に記載しますが、大部分を占めているのはポーションやマナアンプルといった迷宮由来の医薬品費と、治療に当たったヒーラーの人件費です。それ以外にも通常の医薬品やスタッフについても費用がかかっていて、後は細々《こまごま》とした雑費ですね」
：協会常駐のヒーラーフル稼働《かどう》だったもんなぁ
：あの治療費って日療から出てたんだ
：普段は普通に自腹切らされるから、たぶんあの日だけだと思う
：協会のヒーラーに回復頼むと、一回で四十万とかかかるんだよな
：なんやそれ、いくらなんでも高すぎない？
：めちゃくちゃ良心的な値段設定やぞ

：普通なら一月《ひとつき》入院しなきゃいけないような怪我《けが》も一瞬で治してくれる
：ちなみに普通に入院した場合、入院費の相場は一日二万円となっております
：詳しいなお前ら
：探索者なら誰もが通る道なんですよこれ
協会のヒーラーかぁ。私も初心者の頃はお世話になったなぁ。
あの頃は治療費を払うのも一苦労で、よほどの大怪我をしない限りは普通の病院に行くようにしていた。それもケチって、自分で包帯を巻いたことだって何度もある。
私はソロだったから特に大変で……。毎日のように生傷を作りながら迷宮に潜っていたんだっけ。懐《なつ》かしいな。
「それと、もう一点。あの日の魔力変動は魔力収斂に派生したので、結果的には数時間程度で収束しました。ですが、もしも魔力収斂が発生せずに災害が長期化した場合、費用は最大で六億円――年間予算の二百％近くにまで膨れ上がると試算しています」
：予算超えとるやんけ！
：二百％とか聞いたことねえよ
：収斂起きないほうが高くなるんだ
：魔力変動って長いと一週間くらい続くんだっけ？

：やべえよ、日療破産しちまうよ
：そうなった場合どうすんの？

そういえば、リリスから手に入れた魔石って売ったらいくらくらいになるんだろう。六層魔物から産出した超高純度の魔石だ。記念に取っておいてあるんだけど、いざとなったらあれを売ったらいいんじゃないかな。

でも、あんなに高純度な魔石なんてそうそう手に入るものじゃないし。できれば何かに使いたいけど、どうしよっか。

「つまり」

三鷹さんはぱしんと手を叩《たた》く。その音で、明後日《あさって》の方向に飛んでいた意識が戻ってきた。

「このように、迷宮内での救助活動は極めて専門性が高く、救助に必要な経費はどうしても高額となってしまいます。今後も継続して救助活動を続けていくためには、予算の確保が必要不可欠です。そうですよね、白石さん？」

「え、あ、はい」

：お嬢？

：ちゃんと聞いてた？

：途中からよそ事考えてそうな顔してたけど

：俺も楓《かえで》ちゃんを見るのに忙しくて話聞いてなかった
：大事な話してるんだからちゃんと聞け
……ごめん、半分くらい聞いてなかった。
でも半分はちゃんと聞いていた。つまり、その、お金がいっぱいかかるってことだ。
「そこで皆様にはご支援をお願いしたく存じ上げるのですが、その他にもう一点。せっかくこういった活動をしていますから、白石さんの活動をサポートするために、まずは収益化を通すことにしました」
：収益化マジ？
：あのお嬢がついに……！
：さっさと収益化通せって言い続けた俺らの努力は無駄じゃなかった
：さてはマネさん優秀だな？
：その子いつまで経《た》っても収益化通そうとしなかったんすよ、やっちゃってください
「で、でも……」
おずおずと口を挟む。
たしかに、そういう話にはなったけれど……。私としては、あんまり気乗りする提案じゃなかった。

「本当に、いいんですか……？」

「何がですか？」

「だって私、配信者らしいこと、なんにもできないから……。配信で、お金もらうの、なんか違う気がして……」

……お嬢……

……気にしてたんか
……お嬢はそれでいいんだよ、俺らは十分楽しませてもらってるから……

そりゃ気にするよ……。

探索者として魔物を倒し、魔石を売ってお金を稼ぐというのはわかる。迷宮救命士として人を助け、その業務に給料が支払われるのもわかる。

だけど私は、私の配信にどんな価値があるのか今でもわかっていない。それでお金をもらおうってのは、ちょっとだけ気が引けた。

「白石《しらいし》さん」

「……はい」

「こちらに」

「え、はい」

三鷹《みたか》さんは私を呼び寄せる。椅子のキャスターを転がして近づくと、三鷹さんは微笑《ほほえ》みながら私の頭を撫《な》ではじめた。

「……なんで、撫でるんですか？」

「これはマネージャーとしての正当な権利です」

「あ、あの。みんなが見てます」

「構いません」

「私は構います……」

：マネさん？？？？？

：ちょっと！　職権乱用じゃないですかこれは！

：いやこれは撫でるだろ
：目の前でこんなこと言われたら誰だって撫でる
：楓ちゃんが悪いんだよ……

：おいお嬢そこ代われ
：代わるのそっちでいいんか
「白石さん。あなたは真面目すぎますね」

「そ、そうですか……？」

「はい。でも、それがあなたのいいところだと思いますよ」

「……？」

……なんか、褒められた。

え、なんで、どういうこと？　私、何かおかしなこと言った……？

ひとしきり私の頭を撫でてから、三鷹さんはあらためてカメラに向き合う。

「皆様にお約束します。彼女には必ず収益化を通させます。マネージャーの名にかけて」

：がんばれマネさん
：いいぞやったれ！

：覚悟しろよお嬢
：これまでのツケ、きっちり払ったるからなぁ！

：払う側なのか……

……そういうことになるらしい。

なんだかよくわからないけれど、私以外のみんなは楽しそうだったから。たぶん、この流れには逆らえないんだろうなって、そんな気がした。

【お知らせ】楓ちゃん入荷未定です

きょうもへいわだといいな

「はじめます」

配信をつける。今日もやっていこう。

今日はとりあえず迷宮二層から。二層は比較的浅めの層ながら初見殺しの罠《わな》が多く、救助要請がよく来る場所だ。最近、特に目的がない時は、とりあえずこの層をうろつくようにしている。

：お、はじまった

：お嬢やっほー

：今日はお嬢の日かぁ

：楓ちゃんはどこ……？

：楓ちゃんにまた会いたい

：どこ行っちゃったの楓ちゃん

：そろそろ諦めろお前ら

：楓ちゃんはあの日以来一度も姿を見せていない、あれは一夜の幻だったんだ
：幻じゃない！　楓ちゃんは本当にいるんだ！
なんか、また変なリスナー増えたなぁ……。
ちょっと前に三鷹さんと一緒に配信をして以来、楓ちゃんなる謎の生き物を追い求めるリスナーが一定数発生した。日に日に混沌《こんとん》としていくリスナーたちに、諦めを覚えつつある今日このごろだ。
：今日は何するの？
：おもむろに二層を探索しはじめたけど
：きっといつも通りの配信なんやろなぁ
うん。今日もいつも通りだ。
気の向くままに探索しつつ、救助要請があったら対応する。何の変哲もない、いつもと同じ配信風景。
そう、今日は普段通りの一日だ。おかしなことはなんにもない。
：お嬢、俺らになんか報告することない？
：言わなきゃいけないことがあるんじゃないですか
「うー……」

どうだったっけ。そんなこと、あったような、なかったような。
……なかったような、気がするんだけど。
：あ、迷ってる
：さては言わない気か？
：さっさとゲロれ
：ネタは上がってんだよ
：言わないと三鷹さんに怒られるよ
いや、まあ、その。あると言えば、あるんだけど。
でも別に、ぜんぜん大したことじゃないというか。強いて言うようなことでもないというか。私としては、さらっと流してしまいたいというか……。
「え、と。その、えっと……」
一応、カメラを自分に向けてみる。
たしかに報告と言えば報告だし、きちんと話すのが筋だし、三鷹さんに「配信上でも伝えてあげてくださいね」って言われていたし……。
そんなことを内心でもごもごと思い浮かべながら、私は小声でつぶやいた。
「……収益化、通りました」

：おめでとうお嬢
：言えたじゃねえか……
：知ってた
：日療の公式SNSで告知されてたね
：お嬢もさっさとSNSのアカウント作れ定期
：え、白石さんってSNSやってないの!?　配信者なのに!?
：やってるわけないだろ、お嬢だぞ
：説得力がありすぎる
あ、ありがとう、だけど。
やっぱり、私としてはどうしても気が引けてしまう。本当にいいんだろうか。収益化が通ったからって、私に配信者っぽいことができないことは、何も変わらないんだけど……。
：でも、サブスクだけで投げ銭はできないんだよね
：現制度の致命的な欠陥
：お嬢の活動を支援できるようになっただけ進歩ではあるが
：お嬢にいいもの食べさせるためのお金はどこに振り込めばいいですか……？
「な、投げ銭は、日療の募金箱に、お願いします……」

：俺らはお嬢に投げたいんだよぉ！
：うちの親戚の娘、お小遣い受け取ってくれないんだけど
：出たなおじリス
：サブスクだけで我慢しろ
：お嬢の決定に歯向かうことは許されぬ……
なんと言われても、私はそういうのを受け取る気はなかった。
だって私、たぶんあんまりお礼とか言えないから。だったらそもそも受け取るべきじゃないと思う。
そこが私の妥協点だ。これ以上はちょっと勘弁してほしい。
というか、ですね。
「もう、お金の話、やめない……？」
：泣きそうになってて草
：そんなにダメかー
：探索以外のことになると本当にポンなんだから
：わかったわかった、俺らが悪かった
：はいはい終わり終わり

：もうしないからね、ごめんねお嬢

人間にはできることとできないことがある。私の場合は、これがそれ。

そんなこんなで二層を探索しつつ、舞い込んだ救助要請に対応して、一息ついた時。

「白石《しらいし》くん。少しいいか」

真堂《しんどう》さんからの着信が入った。

「え、はい。なんですか？」

「ああ、まあ。調子でも聞こうと思ってな」

「……えと。何か、まずかったですか？」

「そういうわけではないんだが……」

さっきの救助対応で何か失敗しただろうか。そう思って聞き返すと、真堂さんは少し言いづらそうにしていた。

「いや、今話すことでもない。悪い、また後でかけ直す」

「え、あ、はい」

：真堂さんからの電話？

：俺らには聞かせられない感じのやつかな

：お嬢、一旦配信ミュートにして真堂さんと話しておいで

‥俺らはお嬢の後ろ頭見てるから

う、うん。そっか。じゃあ、そうしよっかな。

配信設定をいじって、一旦すべての音声をミュートにする。これで、私の声は配信に載らなくなった。

「ミュートにしました」

「すまない。本当に後でもよかったんだが」

一拍置いて、真堂さんは続ける。

「最近、三鷹《みたか》のやつに付きあわされているだろう。何か困らされてはいないか？」

「……真堂さん。悪いものとか、食べました？」

「どういう意味だ」

「すみません」

また説教でもされるのかと思ったら、普通の心配が飛んできた。

この人に気遣いされるなんて、一体どういう風の吹き回しだろう。いや、いい人ではあるんだけど。

「大丈夫、です。収益化のことは、驚きましたけど」

「そうか、ならいいんだが。あいつはあれで強引なところがあるからな。嫌な思いをしていないかと思って聞いた」

「三鷹さん、いい人ですよ？」

「む……」

そう答えると、真堂さんは困ったように唸《うな》る。

「これは個人的なアドバイスであって、聞き流してくれても構わないのだが……。あいつのことは、あまり信用しないほうがいい」

「……？　なんで、ですか？」

「誤解のないように言っておくが、三鷹は決して悪い人間ではない。むしろ彼女は善人だ。だが、あいつは少しできすぎる」

「えと、どういう意味ですか？」

「過ぎたるものは時として毒となる。特に君は、苦手なものが多いだろう」

……？

言っている意味がよくわからない。できすぎるとダメなのだろうか。あの人はいい人だと思うんだけど。

「三鷹のことは信頼していい。だが、信用はするな。気をつけないと一杯食わされるぞ」

「え、と……？」

「……まあ、仮にそうなったとしても、悪いようにはならないはずだ」

真堂さんはそう忠告する。

しかし、彼が一体何を気にしているのか、私にはよくわからなかった。


それを優しさと呼ぶことを、白石楓はまだ知らない

「本当に、収益化してても、よかったんでしょうか……」

日本赤寮字社《にほんせきりょうじしゃ》の事務所で、私は三鷹さんと話をしていた。

先日送った経費申請にちょっとした不備があって、それで事務所に寄ったのだ。オンラインで直してもよかったけれど、対面のほうがやりやすいってのと、あとはこの人に相談したいことがあったから。

ちなみに、今着ているのは探索用の装備ではなくただの私服。リスナーたちが言うところの、いわゆる楓ちゃんってやつだ。

いや、公認はしていないんだけど。なんだよ楓ちゃんって。ただの私服だよ。

「まだ気になりますか？」

「えと、はい」

「そう気に病まないでください。あなたに向き不向きがあることは、リスナーの皆様が一番よくご存知です。その上でご支援いただいているのですから、大丈夫ですよ」

「でも……」

「無理に気持ちに応えようとしなくてもいいんです。ただ、あなたを支援したいと思っている方々がいることを、知ってあげてください。それだけで十分ですから」

三鷹さんはそう言ってにここと微笑《ほほえ》む。

穏やかで優しい笑み。それを見ていると、少しだけ不安が和らぐような気がする。だけど。

「えっと……。そうじゃ、なくて……」

「他に、まだ何か?」

「だって。これって、問題、解決してなくないですか……?」

「おや」

彼女は薄く目を開いた。

「収益化ってのが、どれくらいになるかは、わからないんですけど。きっと、一月《ひとつき》で何千万円ってことは、ないと思うんです」

「まあ、そうですね」

「それだと、救助活動にかかる費用には、全然足りませんよね？」

私の平均視聴者数は大体三千人ちょっと。救助活動中は増えたりもするけれど、それは瞬間的なものにすぎない。

前に比べたら格段に視聴者も増えたけど、大手配信者ってほどじゃない。そんな私が収益化したところで、一回あたり何百万円という救助費用を賄えるとは思えなかった。

「ほほう……。なるほど、なるほど」

三鷹さんは顎に指を当てた。

「私、変なこと言いましたか……？」

「いえ、驚いただけです。その話については、もう少し後でしようと思っていたんですけどね」

「なにか、あるんですか？」

「実を言うと、説明していなかったことがあります。ごめんなさい、白石さん、お金の話は苦手そうにしていらしたので、つい伏せちゃいました」

「大丈夫、です。教えてください」

「ええ、もちろん。白石さんの仰《おっしゃ》る通り、配信を通じて得られる収入では救助活動の費用を補塡するにはまったく足りません。充《あ》てたところで焼け石に水でしょうね」

「え、じゃあ、どうするんですか？」

「どうもしませんよ。手ならもう打ちましたから」

三鷹さんは微笑んで続ける。

「鳩《はと》を、飛ばしたんです」

その顔は、さっきまでの優しい笑みとはまったく違う、怜悧《れいり》な打算の笑みだった。

「大事なのは知ってもらうことです。以前の配信で、私は大きく分けて二つのことを話しました。迷宮内での救助活動には多額の費用がかかることと、救助活動を継続するには支援が必要なこと。この二つ、誰に対してのメッセージだったと思いますか？」

「えっと、リスナーたち、ですよね？」

「いいえ、違います。あれは他の探索者の方々に送ったメッセージです。リスナーというのは、配信界隈《かいわい》を巡る回遊魚ですから。彼らに訴えた言葉は、時間をかけて他の探索者様に伝わります」

そ、そうなの……？

いや、そう言われるとそうかもしれない。私のリスナーだって、私の配信だけを見ているわけじゃない。

私が配信をつけていない時は他の配信を見に行っているかもしれないし、逆にお気に入りの配信者が配信していないから、私の配信を見に来ているのかもしれない。たぶんきっと、そういうことだ。

「配信者というのは、良くも悪くもリスナーの声を無視できません。それに、私たちの活動を真に必要としているのは、リスナーではなく探索者です。メッセージがきちんと伝われば、おそらく何かしらのリアクションはあるだろうと見込んでいます」

「え、と。他の探索者から、救助費用を取る、ってことですか？」

「それはダメですよ。我々がやっているのはあくまでも慈善事業です。救助した相手に直接費用を請求することなんてできません。心付けを受け取る分には構いませんけどね」

ほえ……。

なんか、むずかしいこと、いいだした。

「とはいえ、これはまだ最初の一手。ジャブみたいなものですけどね。多少の効果はあるでしょうが、本格的に成果を出すにはもう何手か必要だと考えています」

「えっと、えっと、待ってください。最初から、他の探索者に、援助してもらうつもりだったって、ことですか……？」

「はい、その通りです。探索者というのは大きな資金力を有していますから。リスナーから広く寄付を募るのも大切ですが、どうせならお金のあるところを狙ったほうが効率的じゃないですか」

「いいんですか、それって」

「悪いことはしていませんよ。寄付は強制ではなく、あくまでもご厚意です。我々の活動を支援したいと思った方が、自発的に寄付をするという形は何も変わりません。ただ、特定の対象に、強くそれを訴えかけようとしているだけで」

ええ……。

それはそうなんだけど、いまいちすっきりしないっていうか……。

だって、つまりはリスナーを利用して圧力をかけて、寄付を誘引しようってことじゃないか。

「納得できませんか？」

たしかに悪いことはしていないし、相手にもメリットがある話ではあるんだけど……。

「その……。ちょっとだけ」

「難しく考えないでください、白石《しらいし》さん。私たちが守ろうとしているのは、どこかの誰かの幸せです。その事実は何も変わりません」

「誰かの、幸せ……」

「それは探索者様ご本人だったり、応援しているリスナーだったり、所属する事務所だったり、あるいは友人やご家族や大切な人だったりするかもしれません。それに恩義を感じたどこかの誰かが、次の誰かの幸せを守るために力を貸してくれる。それって素敵なことじゃないですか？」

それは、その、えっと……。

……そういう風にも、言えるかもしれない。

結局のところ、私たちがやろうとしていることは人助けだ。誰かの命を救うために、私たちは自分にできる最善を尽くしている。その事実は何も変わらない。

そして、その活動には支援が必要で、三鷹《みたか》さんは効率的に支援を集めようとした。

やり口は少しだけアンフェアかもしれない。それでも、本質は見失っていないはずだ。

「打算は必要ですよ、白石さん。理想だけでは救えません。本気で誰かを助けるというのは、そういうことですから」

三鷹さんが正しいのはわかる。だけど、私にはまだ、そこまで割り切って考えられそうになかった。

「……三鷹さんって、大人ですね」

「あら」

三鷹さんは口元に手を当てた。

「夢を追うのに大人も子どももありませんよ。こういったやり方を知っているだけで、私だって、誰かを助けたいという気持ちに嘘《うそ》はありませんから」

「三鷹さんの夢って、なんですか？」

「そうですね……。そのままお返ししちゃいましょう。白石さん、あなたの夢はなんですか？」

私の夢、か……。

実を言うとよくわからない。人を助けるのは当たり前のことだと思っていただけで、これといった理想や信念があったわけじゃない。

だから私は、ただ目の前の人を助けることしか、考えていなかったのだけど。

「私は、明日が、より良くなったら、いいなと思います」

あの魔力収斂《しゅうれん》の時に、たくさんの人たちの覚悟に触れて。

朧気《おぼろげ》ながら、思い描いた景色があった。

「だって、誰だって、最高の明日が、見たいじゃないですか」

「よい夢です」

三鷹さんはにこりと微笑む。

「私も同じですよ。まだ、何もかもうまくいっているとは言い難《がた》い状況ですが、この先にあるものにはきっと大きな価値があると信じています」

……うん。きっと、この人は悪い人じゃない。

三鷹さんは三鷹さんのやり方で誰かを助けようとしている。だったらそれは、私と何も変わらない。

「三鷹さん。私、がんばります。私たちの夢、一緒に叶《かな》えましょう」

「なるほど。白石さん」

そして彼女は、にこにこと微笑んだまま、私の額をちょんっと小突いた。

「こんなのに騙《だま》されちゃダメですよ」

「え、ええ？」

「白石さん、ほわほわしてますからね。悪い人にころっと騙されちゃいそうで、お姉さん心配です」

「ええー……」

頭を押さえて目を白黒させる。なんで、待って、どういうこと？

「やりがいだけで満足しないでください。実利もきちんと追ってください。自分のことを救えなかったら、結局何も救えないんですから」

「え、え、え？　どういうこと、ですか？」

「白石さん、クイズしましょっか。ここまでのお話の中で、矛盾していることが一つあります。さて、なんでしょう？」

いや、急にそんなこと言われても……。

何かおかしなことがあっただろうか。三鷹さんの話は、全部筋が通っていたような気がするんだけど。

「ヒント、収益化」

迷っているとヒントが出された。

……あれ、ちょっと待って。収益化と言えば、引っかかることがあったような。

「あの、三鷹さん。収益化から得られるお金じゃ、活動費を補塡するには、まったく足りないんですよね」

「そう言いましたね」

「活動費は、他の探索者からの寄付で、賄うつもり、なんですよね」

「その通りです」

「……収益化って、なんで通したんですか？」

「はい、正解です」

三鷹さんはぱちぱちと手を叩《たた》いた。

「収益化はあなたのためですよ。あの配信は元々あなたのものですからね。そこから得られる収益に関して、日本赤療字社《にほんせきりょうじしゃ》は手を出すつもりはありません。好きなように使っちゃってください」

「え、ええ……？　なんで、どういうことですか？」

「前に言いましたよね。お仕事、させてくださいって」

三鷹さんはいたずらっぽく片目を閉じた。

「探索活動のサポートは事務所の仕事です。白石さん、最近ずっと安い武器ばかり使っていたじゃないですか。いつまでもあんなもの使っていないで、そろそろちゃんとした武器を買ってくださいよ」

「……もしかして、騙しました？」

「人聞きが悪いですね。私は最初から、配信収入を徴収するなんて一言も言っていませんけど」

ええー……。

いや、その、たしかにそうだけど。でも、あの言い方だと当然そうなるものだと思っていたっていうか。

活動費のためだと思って通した収益化だったのに。もしそうだと知っていたら、私は絶対に反対したんだけど……。

……ああ、だからか。くそう、やられた……。

「ちなみに、SNS上で公開した告知には、そのあたりのこともきちんと書いてあります。日療の支援をしたければ募金を、白石さんの活動を支援したければサブスクライブを、といった形で。なので、ちゃんと読んでいる方は承知の上だと思いますよ」

「そんなの知らないですよ……」

「白石さんにも事前に説明したんですけどね」

「え、いつですか?」

「あなたがテンパってた日に」

…………。

この人、本当は、性格悪いんじゃないか。

SNSのアカウントなんて持っていないし、あの日は配信のことで頭がいっぱいだった。そんな時に説明されたって、覚えていられるわけがなかった。

「なんだか、全部、嘘なんじゃないかって、思えてきました」

「そんなことはないですよ。これ以上の裏はありません」

「本当ですか……?」

「はい。少なくとも、この件に関しては」

「他の件で、あるってことじゃないですか」

「まあ、悪い話ではないですよ」

ほら、やっぱりあるじゃないか。一体腹にどれだけ抱えているんだ、この人は。

「募金が集まりましたら、その成果を主張して臨時予算を引っ張ってくるつもりです。そうしたら、まずは戦力の拡充からですね。あなたの他にもヒーラーを雇用して、救助体制を整えましょう。さて白石さん、そのためにはどうすればいいと思いますか？」

「え、え、えと。また配信で、協力を呼びかける、とか……？」

「いいえ、違います。正解は雇用条件の改善です。人を動かす一番わかりやすい言葉は、結局のところお金ですからね」

ええー……。

はっきり言うなあ、この人。私はお金じゃなくて理想に共感したからこの仕事を受けたんだけど……。

「その一環として、あなたの給与も上がりますよ。段階的に調整するので少々お時間はかかりますが、最終的には探索稼業《かぎょう》と比べても遜色ない水準にまで引き上げることをお約束します」

「え、ええ？　私はいいですよ、そんな」

「そういうわけにはいきません。というか、ですね。正直に言うと、そもそも当初の想定が甘すぎたというか……」

「想定って、何のですか？」

「あなたのお給料です。特殊勤務手当を山盛りにしたつもりだったのですが、それでも探索者の水準に遠く及ばないことが後からわかって……。日常的に生死のリスクを背負うお仕事を、世間一般の基準で推し量ることが間違っていました」

「普通のお仕事と、そんなに、変わらないと、思いますよ？」

「……そう言えるのは、あなただけかもしれませんね」

　そうなのかな……？

　怪我《けが》したり死にそうになったりすることも、たまにはあるけれど。その分あんまり人とお話ししなくてもいいから、私としてはトントンだと思っていた。

　命のリスクと、人とのコミュニケーション。私だったら前者を取る。

「ともあれ、私たちの目的は、あくまでも人を助けることです。その本質は何も変わりません。ですが、そのためには裏も表も使い分ける必要があります」

「えと。難しく、ないですか……？」

「大丈夫ですよ、それは私の担当ですから。ただ、そういうものであることは知っておくといいでしょう」

そう言って、三鷹さんは優しく微笑《ほほえ》む。

「この仕事は正義というものを常に問われるお仕事です。何が正しくて、何が正しくないのか、一つ一つ考えるようにしてみてください」

……もう何がなんだかよくわからないけれど、一つだけわかったことがある。

この人はたしかに善人だ。信頼はしてもいいと思う。だけど、下手に信用したら手のひらの上で踊らされる。

真堂《しんどう》さんの忠告の意味を、私は今さらながら理解した。

一歩ずつ、一歩ずつ

私の給料は歩合制だ。

基本給に加えて、救助件数ごとに報酬と特殊勤務手当がつく。つまり助ければ助けるほど稼げる――と言うわけではない。

世間一般の基準よりは多いかもしれないけれど、さすがに探索者の稼ぎには及ばない。

身も蓋もない話をすると、人を助けるより探索したほうがずっとずっとお金になる。と言っても、そんなことは最初から承知の上だし。元々お金がほしくて受けた仕事でもないし。待遇面に文句なんて最初からなかった。

そんなわけで、これまで給料日というものを意識したことはなかったんだけど。

「わ、ちょっと、ひぇ……!?」

自宅に届いた給与明細を見て、私はベッドの上でひっくり返った。

普段よりも明らかに高い給与。補塡された数千万の経費。そして更に、今月から新たに追加された配信収入。

経費を除いた金額だけでも、先月の数倍になる月給が振り込まれていた。

「こ、これ、本当にいいの……?」

中でも一番気になるのは、配信収入の項目だ。

おそらくは配信を通じて得られた数字がそのまま記載されているだろう項目。それを見ると、三鷹《みたか》さんの顔が目に浮かぶような気がした。

このお金はただの数字じゃなくて、私を支援してくれているリスナーたちの思いが籠もったものだ。

それを思うと、なんというか、ちょっとだけ。

「うぇ……。具合、悪くなってきた……」

ちょっとどころか、結構普通にプレッシャーだった。

私を舐《な》めないでほしい。ここで満面の笑みを浮かべてありがとうと言えるような度胸はないし、かと言って期待を無視できるほど太い神経も持っていない。

期待とは、世界で一番優しい暴力だ。それを受け止めるには、私には多くのものが足りていない。

「にぁー……」

にっちもさっちもいかなくなって、ベッドの上でごろごろ転がる。

こうなるから収益化なんて嫌だったんだけど、今さら引っ込めるわけにもいかず。

「……がんばろ」

何をがんばればいいかは、なんとなくわかっている。

あの日、三鷹さんにこう言われた。私を支援したいと思っている人たちがいることを、知っておくようにと。

たぶん、一歩目は、そこからだ。

＊＊＊＊＊

うおー

「はじめます」

つぶやく。今日の配信だ。

今日のロケーションは迷宮三層。大海迷宮パールブルーの海辺を、さくさく歩いていた。

：おはようお嬢

：今日は気合入ってんね

：お、久々の三層だ

この層は魔物が強く、半端《はんぱ》な武器では処理が難しい。決して倒せないというわけではないけれど、探索効率の悪さから積極的には来なくなってしまっていた。

適当にぶらぶらしていると、出くわしたのはいつかのヤドカリ。際立《きわだ》った防刃能力を持つ、剣士泣かせの魔物だ。

試し切りにはちょうどいいか。

：出たなヤドカリ

：蒼灯《あおひ》さんの仇《かたき》だ
：念入りに殺せ
：根絶やしにしろ
蒼灯さん、死んでないけど……。
あの人は今日も元気いっぱいだ。今朝もトークアプリで少し話したけど、最近は二層で神鳥の巣を探しているらしい。アドバイスを求められたので、軽くヒントを出しておいた。
まあ、それはいいや。それよりも今はヤドカリだ。
左手に風研ぎと風走りのシリンダーを構え、魔力を通す。剣と両足に風をまとって、たたっと二歩踏み込んだ。
急加速からの、先制の一閃《いっせん》。
：わぁ
：良い切れ味してんね
：今日もキレッキレだ
振り抜いた刃《やいば》はヤドカリの関節をすっぱりと断ち切る。ざくざくと剣を振ると、その回数だけヤドカリの体はバラバラになっていった。
思った通りに刃が通る。風研ぎの馴染《なじ》みもいい。変なクセもない。

関節を斬っても刃こぼれしないし、無理をさせた感触もない。悪くない剣だ。

：てか、今日は片手剣なんだね

：短剣はやめたの？

：やっぱお嬢は片手剣よ

：もしかして新しいやつか？

「これ」

ヤドカリから魔石を回収して、ドローンに剣を晒《さら》す。昨日買ってきたばかりの剣だ。オーダーメイドではないけれど安物でもない。頑丈で扱いやすい、熟練探索者にとっては定番と言える一振りだ。

：いい剣だね

：二千万くらいのやつかこれ

：久々にちゃんとした剣使ってる

：悪くないんじゃない？

「みんなの、サブスクライブ代で、買いました」

：俺らの剣じゃねーか！

：変態とおじさんの剣かぁ

：大丈夫かそれ
：急に不安になってきたけど
：お前らに罪はあっても剣に罪はないから……
：健全なリスナーのことも忘れないでください
と言いつつ七割は経費で落ちるんだけど、それはそれ。こういうのは気持ちの問題だ。
この配信にはリスナーがいる。昔から見てくれているリスナーや、最近になって来てくれたリスナーがいる。私の活動を支援しようとしてくれている人たちがいるし、もしかするとファンってやつも本当にいるのかもしれない。
当たり前のことかもしれないけれど、それはこれまで私が目を背けてきたものだった。
この剣は、そんな彼らからもらったものだ。少なくとも、私はそう思っている。
：これならしばらく持ちそうだな
：この子は長生きしてくれるといいね
：いつかは壊れる定めなのか……
：剣って消耗品だから
：せっかくだし名前つけよ名前
名前ならもう決まっている。

リスナーのみんなからもらった、大事な名前だ。

「……オジョウカリバー、四十二世？」

：いや草

：その名前気に入ってたんか

：ついに公認された

：だからもっと語呂のいい言葉ないの？

：それにしてもカウント進んだなー

：あんだけ折りまくってたらそりゃね

：短剣なんてほぼ使い捨てだったし

：一日五本くらい折ってたよな

：この剣は果たして何日持つか

：剣が折れても、俺らのことは忘れないでくれよな

「ん」

大丈夫。忘れたりなんかしない。

配信者らしいことなんて何一つできないし、期待にも応えられないかもしれないけれど、せめて受け取った気持ちは大切にしよう。

それくらいなら、私にもできるから。
：あ、機嫌いい
：よかったねお嬢
：にこにこしてら
：今日はわかりやすいな
：お嬢検定の合格者増えちまうよ
：あの、映像にはお嬢の後ろ頭しか映ってないんですけど
：何が見えてるんだこいつら……
じゃ、今日もがんばろっか。
相変わらず私は配信に向いていないし、収益化なんてプレッシャーでしかない。それでも、少しずつ向き合ってみようと思う。
受け取った気持ち。私にできること。思い描いた理想。したたかな打算。どこかの誰かの幸せ。私たちの正義。
一つ一つ考えながら、一歩ずつでも進んでいきたい。
最近、配信が、ちょっと楽しい。

あとがき

たぶん皆さんもご経験があると思うんですけれど、他人の人生を脳内でシミュレートしていると、自意識って邪魔になるじゃないですか。

邪魔ですよね、自我。いっそ消えてしまったらいいと願うのは、人類共通の夢でしょう。創作ってやつはその辺特に融通が利《き》きません。残念ながら人間なので、僕もご飯を食べたり睡眠をとったり光熱費を支払ったりしないといけないのですが、そういった諸々《もろもろ》のイベントは創作活動の邪魔になります。アンドロイドや電子生命体になれたら、光熱費だけで済むんですけどね。

とまあ、普段はそんな感じでせっせこ書いていたりもするんですけれど。

そのレベルで集中しながら書くことに疲れて、「頭からっぽにしてお話が書きてえでおじゃるなァ〜〜〜〜！」というノリから生まれたのが拙作になります。よしなに。

とにかく明るく楽しく。伏線なんて知ったことか。王道直球真っ向勝負。まっすぐ熱くて楽しい話にしようぜやっほい。そんな志で書き始めましたともさ。

でも、「あれやりたい！　これやりたい！」という欲望に正直に生きていたら、なんだかんだ一生懸命書くことになりました。伏線もやらないつもりだったのに、ちょこちょこ張っていますし。これだから創作ってやつは。

まあ、詳しくは語りますまい。手品の種を語るほど、語るに落ちる話もないので。というわけで好きな配信の話します。みんな配信好き？

かくいう僕も配信界隈《かいわい》の回遊魚なので、大体いつも誰かの配信を作業のおともにしています。人の声がすると、脳みその余白がちょうどよく埋まって落ち着くんですよね。

これは本作の着想にも関わる話ですが、二〇二三年夏、大規模なストリーマーサーバーが開かれました。

舞台になったのは、大都市で繰り広げられるクライムアクションゲームです。配信者たちが一つの街に集まって、好き勝手に犯罪したり、警察になって犯罪者たちをとっちめたり、名状しがたいよくわからないことをしたり。笑いもあって、ドラマもあってと、大変なお祭り騒ぎになっていました。

で。そんなしっちゃかめっちゃかな大騒動の中で、人命救助に奔走していた方々がいたんですよ。

なにせ犯罪のゲームなので、流血沙汰はしょっちゅうです。ちょっと見ているだけでも、それはもう様々な方々が様々な理由で怪我《けが》をしたり倒れたりしていました。

そんな人々のもとに駆けつけて、一人一人を助けて回る。どちらかと言えば裏方よりの活動だったのかもしれませんが、彼ら彼女らは精力的にそれをしていました。

それを見ていたら人助けの話が書きたくなりました。元ネタというほどではありませんが、そんなところが着想点です。

そしてもう一つ。作中に出てきた架空団体「日本赤療字社《にほんせきりょうじしゃ》」の、オマージュ元となる団体様もまた、拙作の大事な着想点です。

救命に関わる話を書こうと思って、真っ先に思いついたのがその団体様でした。近年の様々な災害を通して、何度も何度もお名前を耳にしたその団体様に、最大限の敬意と恭敬とリスペクトをもって、作中団体にこの名をつけさせていただきました。

その他にも色んなところから着想をいただいて、少しずつ血肉に変えながら、一文字ずつ刻んできた物語です。

小説とは一人で書くものですが、一人で書けるものではありません。そんなことをつくづく思います。

この話もそういう物語にしたいですね。彼女とその周囲の行く末を、どうか温かく見守っていただければ幸いです。

最後になりますが、謝辞を。

Ｗｅｂから書籍に至るまで拙作を支えてくださった読者の皆様、拙作を少しでもよいものにするために多大なるお力を貸してくださった編集者様、筆舌に尽くしがたいほど美麗な筆致で拙作の世界観を描きあげてくださったイラストレーターの福きつね様、誠に勝手ながらオマージュさせていただいた某団体様、同じく勝手ながら配信を作業のおともにさせていただいている配信者の皆々様。そしてこの本を手に取っていただいたすべての方々に、厚く御礼申し上げます。

それではまた、こういう形でお会いできることを願って。ありがとうございました。

佐藤悪糖

富士見ファンタジア文庫

配信《はいしん》に致命的《ちめいてき》に向《む》いていない女《おんな》の子《こ》が迷宮《めいきゅう》で黙々《もくもく》と人助《ひとだす》けする配信《はいしん》

令和6年12月20日　初版発行

著者――佐藤悪糖《さとうあくとう》

発行者――山下直久

発　行――株式会社KADOKAWA
〒102-8177
東京都千代田区富士見2-13-3
0570-002-301（ナビダイヤル）

印刷所――株式会社暁印刷

製本所――本間製本株式会社

※定価はカバーに表示してあります。
●お問い合わせ
https://www.kadokawa.co.jp/（「お問い合わせ」へお進みください）
※内容によっては、お答えできない場合があります。
※サポートは日本国内のみとさせていただきます。
※Japanese text only

ISBN978-4-04-075624-0 C0193

これは世界を救う

久遠崎彩禍。三〇〇時間に一度、滅亡の危機を迎える世界を救い続けてきた最強の魔女。そして——玖珂無色に身体と力を引き継ぎ、死んでしまった初恋の少女。

無色は彩禍として誰にもバレないよう学園に通うことになるのだが……油断すると男性に戻ってしまうため、女性からのキスが必要不可欠で!?

シン世代ボーイ・ミーツ・ガール!

1

王様のプロポーズ

King Propose

橘公司
Koushi Tachibana

[イラスト]——つなこ

最強の初恋
シリーズ
好評発売中!
ファンタジア文庫

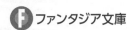

世界最強の
“不可能任務”に挑む少女たちの
痛快スパイファンタジー！
スパイ教室
竹町
illustration
トマリ

ティナ
四大公爵家のひとつ、ハワード家に生まれた公女殿下。なぜか誰でも扱える程度の魔法すら使うことができない。
変える
はじめましょう
アレン
公爵令嬢ティナの家庭教師を務めることになった青年。魔法の知識・制御にかけては他の追随を許さない圧倒的な実力の持ち主。
発売中!

公女殿下の家庭教師

Tutor of the His Imperial Highness princess

あなたの世界を魔法の授業を

天上優夜《てんじょうゆうや》
異世界で
レベルアップした結果、
最強の身体能力を
手に入れた少年
この少年
すべてが
シリーズ好評発売中！

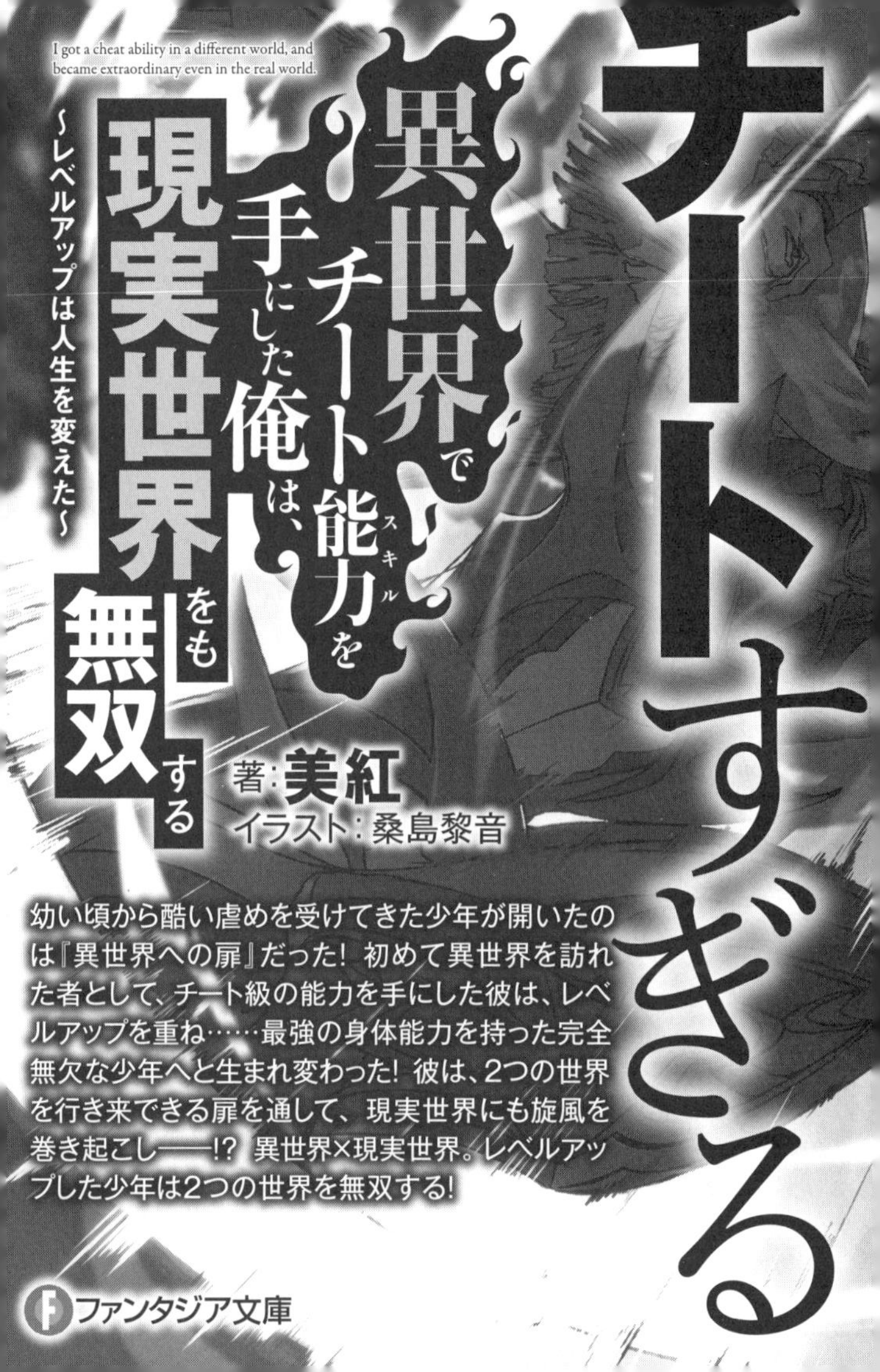

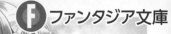

細音啓が紡ぐ新たなるヒロイックファンタジー
細音啓
イラスト
猫鍋蒼
キミと僕の最後の戦場、あるいは世界が始まる聖戦
the War ends the world / raises the world
アリスリーゼ
帝国と対立しているネビュリス皇庁の第２王女で強力な氷の星霊を使う「氷禍の魔女」
至高の魔
敵対する

無自覚最強ハーレム！
シリーズ好評発売中！
妹が女騎士学園に入学したらなぜか救国の英雄になりました。ぼくが。
After my sister enrolling in Girl Knights' School, I become a HERO.
author. ラマンおいどん
ill. なたーしゃ
ファンタジア文庫

だって学園の誰より
兄さんのが
強いですから

STORY

妹を女騎士学園に送り出し、さて今日の晩ごはんはなににしよう、と考えていたら、なぜか公爵令嬢の生徒会長がやってきて、知らないうちに女王と出会い、男嫌いのはずのアマゾネスには崇められ……え？　なんでハーレム？

切り拓け！キミだけの王道
ファンタジア大賞
原稿募集中！
賞金
《大賞》300万円
《金賞》50万円
《銀賞》30万円
選考委員
細音啓「キミと僕の最後の戦場、あるいは世界が始まる聖戦」
橘公司「デート・ア・ライブ」
羊太郎「ロクでなし魔術講師と禁忌教典《アカシックレコード》」
ファンタジア文庫編集長
前期締切 8月末日
後期締切 2月末日
公式サイトはこちら！ https://www.fantasiataisho.com/
イラスト／つなこ、猫鍋蒼、三嶋くろね